野口武彦
Takehiko Noguchi

言葉と声音

小説言語ことはじめ

文化科学高等研究院出版局

知の新書
J08/L03

DU MÊME AUTEUR 野口武彦のワーク

『三島由紀夫の世界』講談社 1968年
『石川淳論』筑摩書房 1969年、新版 1988年
『洪水の後』（小説集）河出書房新社 1969年
『吠え声・叫び声・沈黙 大江健三郎の世界』新潮社 1971年
『江戸文学の詩と真実』中央公論社〈中公叢書〉1971年、新版 1978年
『谷崎潤一郎論』中央公論社 1973年
『収穫の年』（小説集）、河出書房新社 1973年
『日本の旅人 頼山陽 歴史への帰還者』淡交社 1974年
『徳川光圀 朝日評伝選』朝日新聞社 1976年
『旗は紅に燃えて』新潮社 1977年
『花の詩学』朝日新聞社 1978年
『江戸文林切絵図』冬樹社 1979年
『江戸の歴史家 歴史という名の毒』筑摩書房 1979、ちくま学芸文庫 1993年
『「悪」と江戸文学』朝日新聞社、朝日選書 1980年
『日本語の世界13 小説の日本語』中央公論社 1980年
『作家の方法』筑摩書房 1981年
『江戸人の昼と夜』筑摩書房 1984年、『江戸人の精神絵図』講談社学術文庫 2011年
『江戸百鬼夜行』ぺりかん社 1985年
『三島由紀夫と北一輝』福村出版 1985年
『近代小説の言語空間』福武書店 1985年
『『源氏物語』を江戸から読む』講談社 1985年、講談社学術文庫 1995年
『王道と革命の間 日本思想と孟子問題』筑摩書房 1986年
『江戸わかもの考 歴史のなかの若者たち3』三省堂 1986年
『文化記号としての文体』ぺりかん社 1987年
『江戸人の歴史意識』朝日選書 1987年
『近代日本の恋愛小説』大阪書籍（朝日カルチャーブックス）1987年
『江戸がからになる日—石川淳論第2』筑摩書房 1988年
『秋成幻戯』青土社 1989年
『日本文明史 第6巻 太平の構図 文明の成熟』角川書店 1990年
『江戸の幾何空間』福村出版 1991年
『江戸の兵学思想』中央公論社 1991年、中公文庫 1999年（第四回和辻哲郎文化賞受賞）
『近代文学の結晶体』新典社 1991年
『江戸と悪『八犬伝』と馬琴の世界』角川書店 1992年
『日本近代批評のアングル』青土社 1992年
『江戸思想史の地形』ぺりかん社 1993年
『荻生徂徠—江戸のドン・キホーテ』中公新書 1993年
『日本思想史入門』筑摩書房〈ちくまライブラリー〉1993年
『三人称の発見まで』筑摩書房 1994年
『忠臣蔵 赤穂事件・史実の肉声』ちくま新書 1994年、ちくま学芸文庫（増補版）2007年
『一語の辞典 小説』三省堂 1996年
『安政江戸地震 災害と政治権力』ちくま新書 1997、ちくま学芸文庫 2004年
『江戸のヨブ—われらが同時代・幕末』中央公論新社 1999年
『幕末パノラマ館』新人物往来社 2000年
『幕府歩兵隊—幕末を駆けぬけた兵士集団』中公新書 2002年
『近代日本の詩と史実』中央公論新社〈中公叢書〉2002年
『幕末気分』講談社 2002年、講談社文庫 2005年
『幕末伝説』講談社 2003年
『蜀山残雨—大田南畝と江戸文明』新潮社 2003年
『新選組の遠景』集英社 2004年
『幕末の毒舌家』中央公論新社 2005年
『大江戸曲者列伝 太平の巻、幕末の巻』新潮新書 2006年
『長州戦争 幕府瓦解への岐路』中公新書 2006年
『江戸は燃えているか』文藝春秋 2006年
『幕末バトル・ロワイヤル』新潮新書 2007年
『井伊直弼の首 幕末バトル・ロワイヤル』新潮新書 2008年
『幕末不戦派軍記』講談社 2008、草思社文庫（増補版）2014年
『天誅と新選組 幕末バトル・ロワイヤル』新潮新書 2009年
『江戸の風格』日本経済新聞出版社 2009年
『鳥羽伏見の戦い 幕府の命運を決した四日間』中公新書 2010年
『巨人伝説 井伊直弼と長野主膳』講談社 2010年
『慶喜の捨て身 幕末バトル・ロワイヤル』新潮新書 2011年
『勝海舟の腹芸 明治めちゃくちゃ物語』新潮新書 2012年
『慶喜のカリスマ』講談社 2013年
『維新の後始末 明治めちゃくちゃ物語』新潮新書 2013年
『幕末明治不平士族ものがたり』草思社 2013年、草思社文庫 2018年
『忠臣蔵まで「喧嘩」から見た日本人』講談社 2013年
『異形の維新史』草思社 2013、草思社文庫 2018年
『「今昔物語」いまむかし』文藝春秋 2014年
『花の忠臣蔵』講談社 2016・中国語版も出版。
『元禄六花撰』講談社 2018年
『元禄五芒星』講談社 2019年

目次

初出一覧　『季刊 iichiko』
「『源氏』はいかにして物語となりしか―石川と横川と宇治」1992.4, no.23
（『論集 源氏物語の文化学』文化科学高等研究院出版局、2018 年に所収）
「初めに聴覚ありき」2020.10, no.148
「『たけくらべ』のナレーション」2021.1, no.149
「讃美歌とざれ歌―岩野泡鳴の小説技法」2021.10, no.152
「わが名を呼ぶ声」2022.10, no.156

I

言葉と声音

小説言語ことはじめ

初めに聴覚ありき

At the Begining was the Auditory

一

このエッセイは初め「廿一世紀日本語と書記言語の行方」といった気宇盛大なテーマで行こうと構想していたのだが、遺憾ながら、筆者個人の物理的《フイジカル》、というより生理的《フイジジヨノミカル》理由によって、標題のような内容に改めざるを得なくなってしまった。最初にお詫び申し上げると共に、この個人的事情が筆者にもたらした状況こそが、やがては当初の根本的なテーマにも連なって行く問題群の一部分になったことを付言しておきたい。

それというのは構音障害の問題である。

十年ほど前に脳出血を起こしてから、筆者には構音障害が出ている。ロレツが回らないのである。発音が不明瞭らしく、周囲の人々に言葉が通じにくい。それでも昨年連れ合いに先立たれるまでは日常会話の機会も多く、同じ発音を二度三度と繰り返して何とか意思を通じさせることができた。話す方はそんな有様だったが、書く方はまだましだ。なるほど調音器官には多少の制約はあるが、幸い右手だけでパソコンのキーは打てるし、文章は頭に浮かんで来るから、文章を書く速度が遅くなったくらいで特に支障はない。

ところが最近気が付いた事実なのだが、どうやら構音障害は日々進行するらしい。人と対話する回数がめっきり少なくなるにつれて、発音器官はもとより発声するための口唇筋肉もあまり使わなくなるので、いわば錆び付くのは致し方ないことは当然かもしれない。筆者もまた、泣き言を並べようとも思わない。いずれ筆者のリハビリ生活において処理すべき問題である。

それよりも、筆者が上の個人的体験を通じて気が付いた一つの顕著な言語事象がある。一見些細な事柄のように見えて、ひょっとしたら意外に根深く伸び広がり、言語の構造の深奥に通底しているかも知れない。ロレツが回らなくなると特定の子音の調音が難しくなり、何種類かの母音の発音が相互に区別しにくくなる。

いつだったか、脳卒中で倒れた故大島渚氏のリハビリ中の姿をテレビで実況したことがあった。元気なところを見せるつもりか日頃の愛唱歌を歌ってもらったのだが、結果は惨憺たるもので、気の毒で胸が痛くなるほどだった。オンチそのものだったのである。無理もない。高低の音程を正確に出すためには口腔のふくらみを適宜調節しなければならないのだが、構音障害と同一のメカニズムで筋肉の調節機能が不具合になるのだろう。

発話の場合には、口腔機能に運動の制約が生じ、特に舌・口唇では顕著に運動範囲の縮小や速度低下が見られる。舌や口唇の動きが遅いのに、発話スピードは変わらないから、前後の音が繋がり、発話の明瞭度は曖昧になりがちだ。だから、「か」が「が」、「ら」が「だ」に入れ替わったり、濁音がすべて鼻音化するような周知の発音の混乱が日常茶飯化するのである。

問題はその先だ。筆者がさきにいささか仰々しく「一つの顕著な言語事象」と呼んだものがここでにわかに姿を顕す。

人間はいつまでも構音障害が出ているままで、つまり怪しげなロレツのままで、言葉を思考の道具として使いこなすことができるだろうか。構音障害が生じるのは、たしかに災禍であろうが、考えようによっては一つの奇貨でもあって、普通なら滅多にお目に掛かることのないレアな言語空間の光景が片鱗を覗かせるかもしれない。

なるほどロレツがどう回らないかは人によっていろいろであるに違いない。そこにも個体差があるわけだ。一つ一つに独自かつ固有の偏癖があって「個体差」を持っているからもちろん一概には論じられない。しかしその反面、それらの多様な差異、一人一人で顕れ方を異にする数多の具体例の総体を対象化しているような概念を想定できないものだろうか。無障害のまま歯・口蓋・舌・唇でなどで調音され、口腔で共鳴する清直な言語表現に対立する、いわば《拗ねた言語表現》とでもいったような。

何だか小難しい説明になってしまったが、じつはこのような言語表現が普通でないことは、当の構音障害者自身がいやほど分かっているのである。ちょうどいつまでも訛りの取れない人間が、常に自分の言葉遣いは周囲と違うと意識させられるのと同じことだ。この辺の複雑微妙な言語心理をたくみに言い取っているのが、井上ひさしの小説

『吉里吉里人《きりきりじん》』である。どうしても方言が抜けきらず、差別されっぱなしの人間の悲哀が面白おかしく書かれている。たとえば作中で例示されている「住友銀行」と「三菱商事」。本人は正則な発声でスミトモギンコウ、ミツビシショウジと言っているつもりでも、どうしてもスンミドンモジンコ、ミンヅビンジソージになってしまうのである。

構音障害者の場合はやや事情を異にする。現実に口から出る言葉はいかに拗ねたものであろうとも、かつて同じ口から発して万人に聞き取られた正則な音声の響きがありありと耳底に残っている。言いかえれば、今自分が発している音声連鎖（記号表現）は、自分が言表しようとしている意味（記号内容）とかけ違っている。言いたいことと聞いてもらっていることとの間に、いつも越えがたいギャップが横たわる。これがロレツが回らなくなった者の悲哀である。

—だが、以上は決してただの愚痴ではない。筆者がこのところ味わっているこの奇妙な体験は、もちろんいろいろマイナスではあるが、反面また、ゆくりなくも言語の原初的な聴覚性ということを再考させる機縁を開いてくれたのだ。

初めに聴覚ありき。われらの内耳の底深く棲息する蝸牛には、かつて正確に構音された音声連鎖の記憶が端正な聴覚心像として今も貯蔵されているのかもしれない。ちょうどそこに向かって限りなく近付いてはゆくが、決して到達することのない極限のように。

二

ここでいきなり「聴覚性」などというトピックを持ち出すと、何を今更わかりきったことをいうかとお叱りを蒙るかもしれない。言語の習得は、言葉を耳で聞き取って口で話すプロセスから始まる。のみならずあらゆる言語過程の根幹にはそれがある。いわば「耳ことば」が全体を通底している。言語文化がどんな形を取ろうと、切っても切れぬ関係で、必ずそれに遍在しているのが「耳ことば」性つまり聴覚的要素なのである。

その後人間の歴史の進展のうちに文字が発明され、さまざまなジャンルの文学芸術が発生し、「目ことば」というべき「書記言語」が人間による言語営為の前景に押し出されるようになり、「耳ことば」は背景に隠れることが多くなったが、それでも周期的・間歇的に——特に時代が転換と過渡を迎え、個人生活と社会生活・公と私・公用語と日常語の対立などの混乱が表面化するような時期になると、言い合わせたごとく、「耳ことば」の初心へのノスタルジアがかき立てられているように見受けられるのだ。

明治二〇年(1887)前後のいわゆる「言文一致」の成立期が、まさにそのいちばん最近の実例であった。「言文一致」とは近代文章語の確立である。注意を要するのは、それがめざしたのは書き言葉の改良であって話し言葉の改良ではなかったということだ。

そもそもこの「言文一致」という語辞の元祖になった神田孝平《かんだこうへい》の『文章論ヲ読ム』(明治一八年、1885)には、「平生説話ノ言語ヲ以テ文章ヲ作レハ即チ言文一致ナリ」といたって簡明に事もなげに言われている。しかし言何ぞ容易なる! この頃世に行われていたわが国の「平生説話ノ言語」たるや、地域を江戸/東京に限定しても、上は明治官僚の漢文体崩しの公用口頭語、中は旧旗本・御家人の江戸弁崩れ、下は長屋の熊さん八つぁん言葉までがヌエのごとく勝手に入りまじった雑居状態であった。

こうしたいわば言文不一致の現状をどうにかしなければならないという問題意識が、一種の責務感として当時の政治指導層に重くのしかかっていたことは、明治三三年

(1900) に至ってもなお、国語調査会が掲げた調査項目の一つに「言文一致体の文章を作るにはどうしたらよいか」というのがあったことからも窺われよう。官報や政府発行の公文書では事態をいかんともし難かった。パイオニアの役目を果たしたのは世にゴマンとある出版物の中ではマイノリティにすぎなかった小説だった。官界の認知するところではなかった小説界の動向が、言文一致のイニシャティヴを握ったのである。

言文一致運動をリードした理念はけっきょく、「言」が「文」に格上げされるか、「文」を「言」に格下げするかの選択であった。不適者はすぐに淘汰され、生き残ったのは、耳ことば(話言葉)を「地」の文章で生かす聴覚言語主義であった。

近代社会で大量印刷と出版が行われるようになり、視覚メディアが普及する以前の環境では、文学コミュニケーションの主要な形態は作品を読んで聞かせることであった。この慣習的な方法が意識的・無意識的に近現代文学に記憶され、受け継がれ、復活され、再活用されていることからもわかる。文学は、根本のところで人心に語りかけて来るものである。読者はさまざまな話法の層を介して、内奥の声を聴く。

当時のこととして、江戸時代に大きな影響力を持った語り物文芸である浄瑠璃の詞章には「詞」と「地」の二代区分がある。「詞」は「登場人物の作中での発話」である。いわゆる「会話文」であり、引用符（「」）でくくられる部分だ。「地」はこれに対して、辞書的には「会話や歌を除いた叙述の部分の文章」（日本国語大辞典）などと説明されているが、一読してわかるようにこの語釈は典型的な《anything but …》の文形を取っている。「…のほかはなんでも」の構文である。会話や歌以外だったら何でも引き受ける、というのである。否定的規定すなわち何かを除いては万事オーケーというほとんど何でもアリの全面肯定なのである。

しかも浄瑠璃の「地」は、どこまでも「地の語り」であって、「地の文」ではない。口頭語であって文章語ではない。耳から聞くための詞章であり、目で読む書き物ではないのである。「地の語り」から聴覚性・音調性・肉声性を切り離すことはできない。語り物ジャンルだけではない。周辺の諸ジャンルも「語り」の音圧から自由ではない。たとえば読本の文体は韻律的であり、聴覚的であることは次の例から明々白々だろう。ここに読本の代表格として掲げるのは、曲亭馬琴《きよくていばきん》の『八犬伝』で、ヒロイン伏姫が身の潔白――犬の仔などを身ごもっていない……――を証すために自害し、八顆《はつか》の玉が虚空に飛び散る有名なシーンである。

「孕婦《はらみをんな》の新鬼《にひをに》は、みな血盆《ちのいけ》に沈むといふ。それも逃れぬ業報ならば、厭ふも甲斐なきことながら、その父なくてあやしくも、宿れる胤《たね》をひらかずば、おのが惑ひも、人々の、疑ひもまたいつか解《とく》べき。これ見給へ」とちかなる、護身刀《まもりがたな》を引抜て、腹へぐさと突立て、真一文字《まいちもんじ》に掻切り給へば、あやしむべし瘡口《きずぐち》より、一朶《いちだ》の白気《はつき》閃き出、襟に掛させ給ひたる、彼《かの》水晶の数珠をつゝみて、虚空《なかぞら》に升《のぼ》ると見えし……（『南《なん》総里見《そうさとみ》八犬伝《はつけんでん》』第二輯第十三回）

引用冒頭、カギカッコ（「」）の中は伏姫の「詞」である。にも拘わらず、この発話は歌舞伎のセリフ回しを思わせる七五調のリズムで綴られ、そのまま「地」の荘重な雅俗折《がぞくせつ》衷体《ちゆうたい》に引き継がれている。伏姫の言葉遣いは「地」の文章との間に何の違いもない。口語的ではないのである。「詞」であるのに「地」と文章標識上ではまったく区別が付かない。しかもこの場合、言葉が文章になっているのではなく、文章が言葉になっている。

「地」の語り手が作中人物伏姫に対して敬語を用い、語り手（作者）の身分が下であるという待遇表現を取っていることからも、この「地」の一人称性は明白だが、ここではその声部が前に出て、作中人物の肉声を霞ませてしまうのである。

　こうした読本文体とはおよそ対蹠的なのが滑稽本である。このジャンルでは、文章は作中人物の会話を中心にして場面をつなぎ、描写も極力節約して、簡単な動作の記述だけにとどめている。次に引くのは、滑稽本というとほぼ必ず実例とされる式亭三馬の『浮世風呂』の一節である。

▲夜あけからすのこゑ　かア〱〱　▲あさあきんどのこゑ　なつと納豆《なつとう》引　▲家々の火打の音　カチ〱

○此幕あきに出るものは三十あまりの男、ねまきのまゝの細帯にて、下まへ下りにきものをきて、下駄の歯のかくるゝほど裾を引ずり、油で煮染めたやうなる手ぬぐひを、いくぢなくだらりと肩にかけ、手のひらへしほをのせて、右のゆびではをみがきながら、虫の這ふやうにあゆみ来るは、俗にいふよい〱といふ病の人　トひとりごとをいひツヽ、戸口に立より、てうしはづれに高声　ぶた七「ヲやまだ明《あか》ね、明ね、明ねか。あ、あひやね《朝寐》べやぼ《べらぼう》だぜ　「ばゝばんさん《はんとうさん》、〱、起ねか

〱。おお、起ね〱。けつぱた《しりのはた》焼痕《やけど》すウ程、おておてんざま《おてんとうさま》、おあがや、おあが《おあがり》やひつ《なされ》た。

引用箇所中、黒三角(▲)や白丸(○)に続く二行分ち書きの部分は、歌舞伎脚本のト書に似ているが、カラスの啼き声 納豆売りの呼び声(「引」はーで長音)・家々で火を起すために火打石を打つ音など、この場面の背景になる音響を再現している。生活音をそっくり実況している印象である。毎朝くりかえされる庶民の暮らしを音だけで中継する塩梅だ。

その情景の中に「三十あまりの男」が登場する。「ぶた七」という名が付けられているが、その身なりはいかにも貧相で情ない。それでもマイペースな男で、銭湯の番頭を叩き起こして、風呂を開けさせる。カッコ中の語句は原文では左訓《さくん》(本文の左側に記した語句の注釈)である。

これら▲や○に導かれる二行分ち書きの部分が、じつは滑稽本の「地の文」、もっと正確にいえば、やがて近代小説の「地の文」に発達するものの原始形態に他ならない。

この「地」の部分をいわば背景幕として、言葉を吐き散らす人物が登場する。作中人物が出て来てから言葉が発されるのではない。まず声が、普通の大きさの文字で読者に伝えられる。人間は最初に「会話人物」として作中にいでたつ。少くとも滑稽本の登場人物は会話する声と共に、作中で呱々《ここ》の声を挙げる。

作中の会話が、当時の話し言葉の模写であり、完全に口語文であったことはわざわざいうまでもない。「地」はどうか。上の引用にあったように、基本的に口語性に根ざしている。したがってどちらも聴覚的である。言葉の模写、人物・事物の記述は、読本との対比の上でよく「写実型」であるなどといわれるが、いまだ即物的・対象ベッタリ的ではあっても客観描写的とは言いがたい。とうてい近代の写実主義《レアリズム》を先取りするものではあり得なかったのである。

三

もう百年以上も近代小説と付きあってきた日本の読者は、それが口語文を土台としているのを自明の事として疑わない。たしかに現在、若者があやつる話し言葉と新聞雑誌の文章語つまり書き言葉との間にかなりの乖離《かいり》が生じ、特に最近トレンディなSNSに飛び交うコトバを見ると、後者は今や一種の「文語文」化しているのではないかという気がしなくもないが、それにしてもこの近代口語文ベースという特質は変わっていない。

日本の散文文学史は廿一世紀が二〇年を数える今日に至ってもなお、近代小説と形質的に異なる現代小説言語の生成を知らない。近代と現代の間に境界はない。SNSやラップのコトバがいかに新奇な表現・表記を開発しようとも、それは遺憾ながら、かつて明治日本がやってのけたような言語革命を達成していないのである。

近代口語文の成立とは、まさしく一つの言語革命の成就であった。

これをただの変革にとどまらぬ革命と呼ぶのは、ここに成立した文章語としての口語文(すなわち言文一致)が従来支配的だった言語規範を押しのけて、現実社会の多数者に使用されるという事実上の強制力を獲得したからである。もちろん、それは一朝一夕に成ったのではない。

言文一致は、明治何年何月何日に国会で「言文一致法」が可決されたという具合に実現したのではない。何らかの法的強制によったのではなく、慣用として日頃使っているうちに自然と成熟してゆくものである。それには時間がかかり、さまざまな試行錯誤もあった。その全過程を通じて顕著な事実が一つある。終始一貫、その最前線に立ち、運動をリードしたのは小説稗史《はいし》だったのである。

文章を言文一致にする取っかかりはまず「地」の部分からである。浄瑠璃の「詞」「地」という対立範疇が新しい位相に移される。「詞」は二の次でよい。というのは、「詞」の口語化など、会話文中心の江戸文学の「写実」系ジャンル——洒落本・滑稽本——では、もうとっくに成就していたからである。(さきの『浮世風呂』参照)。問題は主として「地」にどうやって手を付けるかにあった。なぜならこの部分は長らく文章の書き手にとっての聖域だったからである。迂闊に俗っぽい文章を持ち込んではならなかった。

たとえば十返舎一九の『東海道中膝栗毛』といえば滑稽本の筆頭だが、その八篇上(文化八年、1809)に、ごぞんじ弥次郎兵衛・喜多八が大坂長町の宿屋で演じる失敗談がある(左頁写真)。食い意地の張った二人は相客の持っている砂糖漬を盗み食いしようとするが、なんとこれが骨灰だったというお粗末。

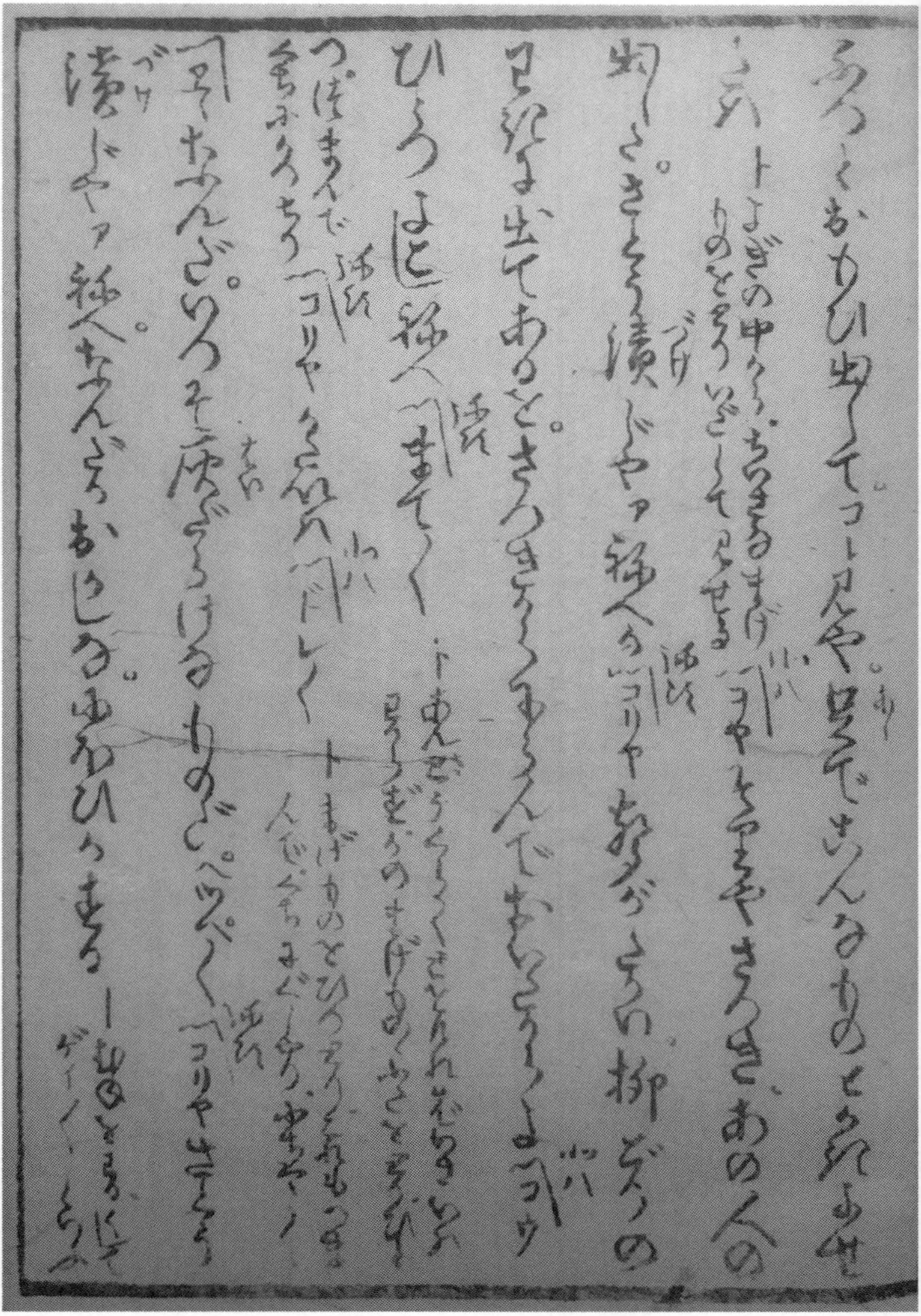

『東海道中膝栗毛』1809年

にも拘わらず、この八篇の書出しは「押照《おしてる》や難波《なにわ》の津は、海内秀異の大都会にして」と万葉の枕詞をあしらった荘重な字句で始まり、滑稽本でも冒頭では様式性を尊ばざるを得ない規範性が作用している。が、いざ事件が起きると、「地」さえもたちまち口語・文化する。だいたい「むねをわるくして、ゲイ〳〵といふ」などという文章を文語文で書いたりできるものだろうか。

日本の近代小説は、こと文章表現に関する限り、前代との断絶どころか豊富すぎる遺産を相続することからスタートした。見本は選り取り見取りであった。明治二六年(1893)に『文界八つあたり』を書いた正岡子規《まさおかしき》は、当時の文章体のメニュを、⑴純粋の国文、⑵純粋の漢文、⑶漢文の仮名くづし、⑷直訳体、⑸新聞体、⑹言文一致流と分類し、最後の言文一致流にも①「お三どんの手紙」のごときもの、②小説家が試みているもの、③「落語家講釈師の筆記物」の三種類があるといっている。さすがに問題の焦点をよくあぶり出しているというべきだろう。

言文一致流の三種類のうち①は、天にも地にも口語しか知らない連中が書き付ける口語文そのものであり、ここでは問題外。②は、その頃二葉亭四迷がいろいろ苦労していた実作群。③というのは、主として江戸／東京の落語家三遊亭円朝《さんゆうていえんちょう》の話芸――話し言葉の妙――が言文一致運動に大きな影響を及ぼした事実を指している。二葉亭四迷も、『浮雲』（明治二二－二四年、1887-9）を書いた時に円朝の落語口演筆記を参考にしたと認めている。

明治三〇年（1897）に、『浮雲』執筆時のことを訊ねられて語った『作家苦心談』で二葉亭はいう。

一体『浮雲』の文章はほとんど人真似なので、まず第一回は三馬と饗庭《あえば》（篁村《こうそん》）さん（竹の舎）のと、八文字屋《はちもんじ》ものをまねてかいたのですよ。第二回はドストエフスキーとガンチャロッフの筆致を模して見たのであって、第三回はまったくドストエフスキーを真似たんです。稽古するために色々やって見たんですね。

上の談話で二葉亭が強調しているのは、『浮雲』を作業場として小説の言文一致化を実行した時、ロシア文学の翻訳が、その筆致を真似る仕事が、大きな役割を果したといっていることである。

翻訳とはただ横文字を縦にすることではない。二葉亭のロシア語に限らない。森鷗外のドイツ語、坪内逍遙《つぼうちしょうよう》の英語など——総じて言って、明治文学の先駆者たちと西欧諸語との繋がりは深い。みな個々の語意の置換のみならず、文脈全体をまるごと送達するための工夫に死ぬほど苦労したのである。それに付随して、彼我の言語学的特徴がいやでも摺り合わされる。いわゆる意味の面積の広狭、時制・時間詞の有無あるいは配置、単語ごとの連想範囲の突きあわせ、等々。

そんな言い方は日本語にはないという場合も当然あった。それでも明治の日本語は、西欧文脈を借りねばならない。そこでバタ臭いと嫌われる翻訳調が生まれる。明治一四年(1881)には、西洋思想固有の学術用語・抽象語・概念語の訳語ばかりを集めた『哲学字彙』(井上哲治郎編)が出た。

このように明治の翻訳は、ただ日本語をスタイルや語調や臭みで装飾しただけでなく、また新奇な表現法をもたらしたばかりでもなく、日本語の血肉に関わる部位にまで浸透してこれを一新したのである。異なる思考文脈との出会いは、何か心に迫って来るものを日本人の精神に持ち込まずにはいなかった。

二葉亭四迷は、明治二一年（1888）『浮雲』の第二篇を発表したのとほぼ同時に、ツルゲーネフの「めぐりあひ」「あひゞき」を訳出している。

この翻訳文が、場合によっては小説『浮雲』以上に言文一致に強い影響を及ぼしたのである。明治二〇年前後に多感な中学生時代を送った詩人蒲原有明《かばらありあけ》は、はるか後年の昭和になってからも、当時「あひゞき」を読んだ時の印象を回想してこう書いている。

> 巧みに俗語を使った言文一致体――その珍しい文章が、これまたどうであろう、読みゆくまゝに、私の耳のそばで親しく絶間なく、綿々として、さゝやいているように感じられたが、それは一種名状し難い快感とそして何処かでそれを反撥しようとする情念とが、同時に雑《まじ》りあった心的状態であった。（『飛雲抄《ひうんしょう》』昭和一〇年、1935 傍点引用者）

晩年になってもまだ消えやらず体内にとどまっているほどだから、これはかなり鮮烈な印象だったに違いない。回想されているのは奇妙にアンビヴァレントな心の状態である。

快感とはすぐれて生理的な感覚である。耳元で囁き、耳朶《じだ》を心地よくくすぐるのは、言文一致体でふんだんに使われている「俗語」(話し言葉)の声音だろう。声の力であり、響きのなせるわざである。そしてここで興味深いのは、自分がそれに引き込まれまいと警戒しているのがこれまた「情念」であることだ。愛着を感じる気持が、生じると共に打ち消されている。理知が感情を抑制するのではない。同一の感情領野で異なる情動がせめぎあうのである。

俗語の響きが、たんに実用的な効能を離れて、かりにも「快感」といわれるような感覚反応を引き起すなんてことは、従来の言語表現の常識にはあり得なかった。通常とどこか違う優美さのようなものを感じ取ったのだろう。伝統的な文章語では、そうした非実用的・反日常的、ゆえに文飾的な目的を付与するには雅語ないしは韻律語が用いられるのが普通だった。

ありきたりの俗語に優美さ・洗練・品位が欠けているというのは、今日でこそ根拠のない先入観だが、明治二〇年前後にそれを否定するには、社会規範を向こうに回す相当の気力が必要だった。

たとえば明治二三年(1890)に『舞姫』を発表し、続いて『うたかたの記』『文づかひ』(明治二四年)といわゆるドイツ三部作を立て続けに世に問うて颯爽《さつそう》とデビューをした森鷗外は、三部作全部を雅文体で書き綴っている。鷗外が三部作を通じて明治の日本に吹き込んだ空気は、日本とは違う、まさに異国的な香りに満ちたものだった。その香気は「清新」の一語に尽きよう。ただ恋愛を描いたからではない。恋愛感情に《抒情》という付加価値を付加したからである。恋愛感情だけでなく、独占欲・怒り・不安・憎悪・嫉妬などあらゆる個人感情の発露にプラスの価値を加上したのである。

鷗外は、この高尚な――と想念された情感と世の常の俗語との間には何かそぐわないものがあると察知していたに違いない。作中の恋愛感情を俗語で語るのは忍びないのである。自分が歌い上げようとする恋愛情念のブチコワシになるだけだろう。用心深い鷗外は、その初期小説をことごとく雅文体で書いている。翻訳も同様である。鷗外は慎重に、世人が口語体の文章に習熟するまで待ったのだ。この作家が言文一致体で小説を発表するのは、明治四二年(1909)三月、『スバル』に『半日』を書くのが初めてである。最初の夫人(赤松登志子)との離婚の事情を題材にしている。あたかも自然主義が最盛期を迎えようとする時代であった。

四

それにしても、鴎外が明治二三年という時点で書いた『言文論《げんぶんろん》』は、かなり上から目線ではあるが草創期小説界にくすぶる諸論点を整理し、問題がどこにあるかを明快に示している。さすがは洋行帰りだと人々を感心させた。鴎外からは「西欧近代」の後光が指していた。手際がよいのである。

標題中の「言」とは話し言葉であり、「文」とは文章語のことだ。「言文一致」とは決して《文即言、言即文》といった相即的なものではなく、「今の言を取りたり」というだけで、その実は「儼然たる文」「読ませんための文」である。口語体をとどめながらも文章語であるという一種の自己矛盾を抱えたものなのだ。だから「平話」と異なっていても別に不思議はないし、その違いをいかに表出するかの工夫に個々の作家たちが苦心しもするわけである。

かくして当時は「言文一致の御三家」というべき二葉亭四迷の「だ」調、山田美妙の「です」調、嵯峨の屋おむろの「であります」調が競合したが、そのうち二葉亭以外は淘汰されてしまった。鴎外はこれらの文末助動詞群を一括して「新てにをは」と呼んでおり、「微妙子の流派は吾《わが》文学社会に与うるに新しき言を文となす勇気を以てしたり」と鼓舞しているが、自分ではそれを使おうとはしなかった。

しかし『言文論』の冒頭は、ひょっとしたら読み落としかねない基本的な真理が書き記されている。「古《いにしえ》は言と文との差別なく、文字成りて言を写しいだしゝも、これを読ませんためにあらず、これを忘れざらしめんためなるらん」と。往古に話し言葉を書写したのも、これを読ませるためではなく、ただ記憶しやすくするためだった、というのだ。

住民の大部分が文字を知らず、「文盲」状態にある社会を想像してみよう。たとえば新しい御触を書き記した高札が辻に建てられ、字の読めない民衆が物見高く群がり集まるシーンがテレビドラマによくある。たいがい物識りの老人が読んで聞かせるのだが、そんな場合、人々は聞いた内容をそらで覚えるしかない。一般に口承文芸の時代には、この原理が支配的だったに違いないのだ。「芝居は無筆の早学問」といわれた歌舞伎や浄瑠璃の分野でも事情は同じだったはずである。

時代が経つにつれて文字の普及・民衆の識字率の増加などが進み、「読ませるために作れる文」が盛んになっていった。実用文では行政告示・事務連絡における重要箇所の強調、語り物や芸術でのサワリ、散文文学における情感の起伏抑揚などというようないくつもの分野で、「言」と「文」、耳言葉と文字言葉、聴覚性と視覚性の懸隔はしだいに大きくなって、「文」は「言」の変化から取り残されてゆく趨勢にある。

こうして常に移ろいゆく「言」と保守的・現状維持的な「文」との間に生じる乖離はだんだん蓄積し、規範と現状のズレに耐えられなくなって、ついに飽和状態に達する時期が間歇的に到来する。明治の言文一致がそれである。この言語革命的な運動に先駆的な役割を果たしたのは小説の文章であった。

それからほぼ一五〇年。「言」「文」の構造的対立の焦点は、現在新たな機軸の上に移動している。ほぼ明治二〇年代に文章語として成立した近代口語文は、今やかつての文語と同じように一種保守的な言語装置と化しているのだ。

現代日本語の多くの部位から噴出している各種の不具合や不調子は、それがまだ言語構造そのものの変質には及んでいない段階にある。その限りでは、若者言葉特有の「誤用」「みだれ」「逸脱」としか意識されないが、中にはかつて浅利誠氏の『日本語と日本思想』が注目した——廿一世紀の日本語では、普通「である」というところをデハアル、「にある」をニハアル、「と思う」をトハ思ウと表現する言い方が広まった現象——に見られるような、文法の基礎に関係してくる言語事象もある。

だがさしあたって今は、すべて過渡的状態にあり、論説文はもとより文学作品でも明治の言文一致で成立した文章の範型を揺るがせるに至っていない。ただ時代の好尚が移り変わるだけである。

近頃テレビでも普通になったダジャレによるコミュニケーションの流行も、かつて江戸時代の化政度(文化文政年間、江戸の十九世紀初頭)に起きた現象である。ダジャレは昔「地口《じぐち》」といわれた。語呂《ごろ》合わせである。「地口」は、もと「地の口合《くちあい》」(土地の口合)という意味で、京坂の「口合」に対して江戸で流行ったものを指す。一説には「似口《じくち》」とも書くという。「下戸（げこ）に御飯（猫に小判）」のようにただ音の類似だけで二つの語を結び付けるもっとも初歩的な言葉遊びだ。逆にいえば、意味内容はあまりなく、ギャグ性は耳の響きにしかない。

『膝栗毛』の弥次さん喜多さんだの、滝亭鯉丈の滑稽本『花暦八笑人《はなごよみはっしょうじん》』に出てくる安波《あば》太郎《たろう》・野呂松《のろまつ》・出目助《でめすけ》などと名前からしてノーテンキな連中は、しょっちゅう地口を言い合って意思疎通するのだ。昔はそのまま通じたが、今では「○○と××を掛けているんですね」などとわざわざコメントするようになった。世も末になったものだ。

これを同じ言語技巧でも一昔前の明和・安永・天明年間（1764―88）に盛んだった狂歌運動と比べてみれば問題は明らかであろう。四方赤良のちの大田蜀山人の『狂歌百人一首』から、元良《もとよし》親王の「わびぬれば今はた同じ難波《なにわ》なる身をつくしても逢はんとぞ思ふ」をもじって、これを〽わびぬれば鯉のかはりによき鮒《ふな》の身をつくりてものまんとぞ思ふ、とパロディに切り換える。

狂歌の傍点箇所は元歌の「身をつくしても逢はんとぞ思ふ」という情感のクライマク

スを笑いに切り換え、元歌の恋の憂悶は、つれづれと退屈しているからひとつ恋の代わりに鮒を肴に酒でものむとするか(「恋」と「鯉」の二重語義!)と巧みに転義される。いわばその同音異義性の活用が、性欲と食欲という二つのコードが同時に鳴らされるのである。言いかえれば、シャレ——ダジャレではない——は、複数の文化コードが共存するところに成立する。江戸時代末期になると、もうこれが通じなくなるのだ。

幕末には「じぐる(地口る)」という動詞さえできた。現代社会で「ググる」が流行語が普及するようなものだ。ダジャレの応酬。対話とはいえない無意味な言葉のやりとり。くだらなさを承知の冗舌。

それにしてもいったいなぜ、そんなものが日常会話の主成分になるほど、この時代の言語生活を支配したのだろうか。当時社会を巻き込んでいた「茶番」——滑稽即興劇——の流行と無関係ではない。

江戸時代も安政=文久(1850—60年代)年間に刊行された梅亭金鵞《ばいていきんが》の滑稽本(『七偏人』)になると、くどく、しつこく、低俗な笑いが目立ってくる。なぜか。茶番が醸し出す人為的な笑いには、退屈で無意味な日常を笑いの対象にすることで意味付与しようとしているふしが見られるからである。現実そっくり、現実まがいの場面を作っておいて、最後に「ウソでした」といって大笑いに持ち込むのが茶番なのだ。最近のドッキリカメラに似ている。

ここに端なくも「茶番」と「地口」の接点が見出される。茶番のパフォーマンスと地口で新造された戯語《けご》は、どちらも現実の事象を変則的に反影している点でパラレルである。言葉の記号内容《シニフィエ》と記号表現《シニフィアン》とは、普通は平穏に表と裏の関係で安定しているが、稀にはたがいにバラバラになる時期を迎えることがある。音声だけの響きが何の実体も伴わず独行することがあるのだ。幕末から明治にかけての過渡的日本語がまさにそうであった。

「小説を作るは猶《なお》味噌を造るが如し」と、斎藤緑雨《さいとうりょくう》は明治二三年(1890)の『初学小説心得《しょがくしょうせつこころえ》』でいっている。「言文一致の甘味噌あり。雅俗折衷の辛味噌あり。白き黒き赤き種類すこぶる多く、味噌と小説は酷《はなは》だよく相似たるものなるが、その味噌を造るが如しと云うは、これらの意味より出でたるにはあらで、全くは手前味噌との謎ならん」と。めいめい自慢たらたらだというのである。「紛々《ふんぷん》たる群小説、ただこれ手前味噌の塊まり」であり、みんな自分勝手に自己流を吹聴しているにすぎない。

この年、数え二四歳なのに早くも旧弊といわれた緑雨には、江戸文学仕込みの文章鑑識眼が備わっており、それが言文一致の諸文体を品定めする力になっていた。前年明治二二年(1889)の『小説八宗《しょうせつはっしゅう》』では、坪内逍遙・二葉亭四迷・饗庭篁村《あえばこうそん》・山田美妙・尾崎紅葉・森田思軒の六人を槍玉に挙げ、みごとに揶揄《やゆ》している。

これらの試みのうち他を淘汰して言文一致小説の本流になったのは、人も知るように二葉亭四迷の文体である。しかし緑雨の見るところでは、『浮雲』もいくつかの暗中模索の一例以上のものではない。その清新さよりもむしろ形式面の不細工さの方に目が向けられる。ざっとこんな調子である。

二葉宗。(……)台がオロシヤゆえ緻密《ちみつ》々々と滅法《めっぽう》緻密がるをよしとす。「煙管《きせる》を持た、煙草《たばこ》を丸めた、雁首《がんくび》に入れた、火をつけた、吸った、煙を吹いた」と斯《か》く言うべし。吸付烟草の形容に五、六分《ぶん》くらい費《ついえ》ること雑作もなし。

この時代の小説は「で、ございます」で結ぶこともできたし、「たり」「り」で終わることもできた。文末詞は選り取り見取りであった。「た」はかつて存在した終止形タリから生じたとされる（湯沢孝吉郎『江戸言葉の研究』）が、その「たり」は明治には文語文法の「き」「けり」と共に消滅していたのである。

助動詞「た」は江戸文学の遺贈品であり、二葉亭はそれを継承して作中で使いこなし、言文一致小説の世界で市民権を獲得させたのである。もちろん『小説八宗』は風刺的な批評であるから、「た」をことさら戯文風に頻用しているが、『浮雲』の実作について見てもそのことを明らかに看取できる。

第一篇から第二篇への文体の変化はよく知られている通りだが、初めの戯作調の表現や語り手の姿はだんだん後景に退き、文の段落を結ぶ文末詞に「た」を使用する場合が目立つ。これで各場面が安定する。そして未完で中断したままの、第三編の有名な最終回の結末はこうである。

笑う事もできず、泣く事もできず、快と不快との間に心を迷わせながら、暫く縁側を往きつ戻りつしていた。が、運を試して聴かれたらその通り、もし聴かれん時にはその時こそ断然叔父の家を辞し去ろうと、遂にそう決心して、そしひとまず二階へ戻った。

文末を「た」で結ぶことに作者はもう何のためらいも見せない。第一篇にあったような「これからが肝要、回を改めて伺いましょう」式の作者口上は不必要だ。行間にも作者の顔はのぞかない。作中世界にいないのである。どこへ行ったのか。作中人物に内在し、かつまた作品世界に遍在するようになったのである。作者は話者の存在態を取らず、仮有虚構の時空点から発話する。これが近代小説の三人称である。

ここで使われる助動詞「た」は、すでに江戸時代から江戸の口語の中で唯一かつ排他的な時制詞・時間詞の地位を得ていたのが、今また二葉亭によって近代小説でも賦活させられた時、果たしてどのような指命を帯びていたのだろうか。

おそらくここには、ひとり二葉亭四迷の問題を越えて、近代小説話法の成立にかかわる根本の秘義が蔵されている。

筆者は二六年前に書いた『三人称の発見まで』では、「『た』は人称詞なのである」といささか乱暴に断言している。粗雑だった。「人称詞」というカテゴリーは存在しないが、筆者は、「た」の用法に人称性があるということを強調するのにあまりにも性急であった。今これを『た』は仮有虚構の時制詞である」とでも訂正しておくことにする。「仮有虚構」とは、「た」が導く進退動作が非現実の言語空間でなされている、という意味である。それが実在した過去の再現ではなく、架空の時制で起きたことの記述だというのである。

トルコのノーベル賞作家オルハン・パムクによれば、トルコ語には「夢や物語や自分が直接体験しなかったこと」を叙述する「伝聞体の過去形」(『イスタンブール』)があるそうだ。さしずめ非現実時間の時制である。

そしてこれらの話法と人称をめぐる問題圏の根底には、その語り口を介してのみ聞こえてくる深部の声を聞き取る始原的な聴覚が横たわっている。あれこれの物音の総体の基底に、いわば共通分母のようにひそみ、いつも必ずどこかから響いてくるこの無音の声。この声に耳を傾けたい欲求はたぶん、なぜ人間には文学が必要かという根元的な問いかけの近傍にあるのだろう。かつて詩人ジャン・コクトーは「わたしの耳は貝の殻、海の響きをなつかしむ」(堀口大学訳)と歌った。われら人類の内耳の底には、今は忘れてしまったがいつも思い出してくれとせがんでやまない太古の旋律が貯えられているのではあるまいか。

『たけくらべ』のナレーション
――樋口一葉

一

樋口一葉の『たけくらべ』は、はじめ明治の浪漫主義青年たちの同人雑誌だった『文學界』に明治二八年(1895)中断続的に分載されていたが、その完結を待って、博文館発行の『文芸倶楽部』に一括掲載された。斡旋《あっせん》したのは当時一流の編集者であり、大出版社博文館の支配人だった大橋乙羽《おおはしおとわ》である。この知遇は一葉にとてつもないチャンスをもたらした。いわば飛び級のかたちで一葉の文界での地位は引き上げられ、文名が一挙に高まったのである。

Naration of Higuchi Ichiyô's"Takekurabe(Grow Up)"

だいたい『文學界』と『文芸倶楽部』とでは雑誌の格が違っていた。発行部数はもちろん、執筆陣の知名度も桁違いであった。一葉は一躍、当代の有名文学者に伍することになったのである。そのきっかけを作ったのは、『たけくらべ』の一括発表直後、『めざまし草』第四号の「三人冗語」で、匿名座談会形式の文芸時評をしていた森鷗外・幸田露伴・斎藤緑雨の日頃辛口な三人が異口同音に一葉の才能を絶賛したからであった。

鷗外：「此の人にまことの詩人といふ称をおくることを惜しまざるなり」。

露伴：「大方の作家や批評家に技倆上達の霊符として呑ませたきものなり」。

緑雨は特別な讃辞を残してはいないが、この超新星のように突然輝き出た才能へのあくなき関心をもっと端的に態度で示した。一葉の日記には、この合評以前から緑雨が一葉に接近を試みていた様子が窺われる。たとえば一月八日、緑雨は突然妙な手紙を一葉に送りつけてきた。いわく「われは君に縁《えん》あるものならねどわが文界の為君につげ度こと少しあり。わが方に来給ふか我より書にて送らんか。但しわれに癖あり。われより君を訪ふ事を好まず」(『水のうへ』)という調子である。興味があるくせに勿体をつける、いかにも緑雨らしい手紙だ。

ともかく「この評よいたる所の新聞雑誌にかしましうもて騒がれぬ」(『みつの上日記』、五月二日)というのが日常になって、一葉を取り巻く環境は一変したのである。「奇蹟の一年」といわれる多産で多忙な、豊穣だが作者自身は生命をすりつぶす一葉の短い最晩年の歳月がこれに続く。が、それらの事柄は『たけくらべ』のナレーション」と題した本稿が取り扱う範囲ではない。ここで考えたいのは、鴎外に「詩人」と呼ばせ、露伴をして「霊符」と言わしめ、「神采《しんさい》(人間ばなれした気品)」とまで感嘆させた才能の特質を見きわめることにある。たちまちルーモアやゴシップにも包まれるようにもなった流麗だの清新だのと杓子定規な褒め言葉で片付けられてきた文章技倆を改めて見直し、それが言語空間にどのような縦深を具えた内界を開いているかをつきとめてゆかねばならない。

二

『たけくらべ』の有名な劈頭の一文は、次のように流れるごとく語り出される。意外に長いセンテンスである。

廻れば大門の見かへり柳いと長けれど、おはぐろ溝に燈火うつる三階の騒ぎも手に取る如く、明暮れなしの車の行来《ゆきき》にはかり知られぬ全盛をうらなひて、大音寺と名は仏《ほとけ》くさけれど、さりとは陽氣の町と住みたる人の申《もうし》き。（傍点および下線引用者）

この書出しは全部で一一六音節の長文であるが、「長けれど」「仏くさけれど」（傍点で示す）とある二つの逆接分節が途中に割り込んでいる。かつて前田愛がこれは「遠くて近い吉原と大恩寺前の距離を指し示している」（「子どもたちの世界」）と指摘したように、この逆接は、見かけと実質との間に乖離《かいり》ないしは齟齬《そご》があることを物語る。「ど」という逆接助詞でつながる二つの陳述の前件と後件とが相対立する内容を含んでいるのである。第一例の「長けれど」は〝何か短いものを予想していたのに〟という意外感を含意している し、第二の「仏くさけれど」は〝町名は陰気な印象だが、実態は明るい〟ことを仄めかしている。

『たけくらべ』の世界は、大音寺前の小さな町に生まれ育った子供たちが織りなすドラマを非記名の語り手が叙述する構造の物語である。語られる世界と語り手のいる世界はまったく次元を異にする。というより、作中を早足で去って行く子供たちの時間こそこの語り手が精魂込めて哀惜するものだったはずだ。二つの世界は、たがいに双曲線上に遠ざかる島宇宙のように一瞬しかかけ違わない。

ここではいったい誰が誰に語りかけているのだろうか。第一分節では、「長し」という陳述語の主格は明らかに「柳」、あるいは樹影であり、その実物は短いものなのにいたって長く感じられるというのだが、その感じを訴えているのも、訴えかけられているのも、共に名前も顔も不明のいわば非人称の人間である。また第二の大音寺町についての印象を「仏くさし」と陳述しているのは、後文によって「住みたる人」でなければならない。「さりとは」と差し挟まれる井原西鶴愛用の接続詞で、叙述の流れから身を引き離し、対象に距離を置いて見る働きをしている。こうして客観化された世界を文末でしめくくるのが助動詞「き」だ。これは西鶴がよく用い、一葉も好んで自作に取り入れた語法である。文末の「き」は受け皿のようにそれがしめくくる出来事を全部受け止め、その出来事が起きた時空と、陳述を「き」で結ぶ語り手が棲息する時空とが別々の次元に属することを示している。だからこの「き」は、もはや現実に存在した過去の時制詞ではなく、非現実を叙述する仮構の時制詞なのである。

しかし、そのような文法上の理屈をゴタゴタ並べ立てるのは野暮の極みというものだ。何か有無を言わさぬ力がこの書き出しの文章には宿っている。というより、誰もがこの一節を読んだ瞬間たちまち、わが心耳に一つの楽曲が鳴り渡るのを聴くに違いない。ひとは『たけくらべ』の世界に《音楽》が流れているのを聞くのである。作品に流れる《音楽》とは、言葉の響きに畳み込まれた聴覚映像群が一条の旋律線上に連なっては消え、揺るぎない声律が安定したリズムを刻み、清新な語彙の組み合わせが霊妙な諧和の情調を奏でる——そうした色とりどりな心象たちの塊りの奔出である。

三

現代の読者には『たけくらべ』を原文のままで読むのはひどく難しいらしい。そこでその「現代語訳」が出回るのも致し方ないことだろう。試みに松浦理英子訳(河出文庫)のものを掲げてみる。書き出しの長文は次のようになっている。

回ってみれば大門《おおもん》の見返り柳までの道程《みちのり》はとても長いけれど、お歯ぐろ溝に燈火のうつる廓《くるわ》三階の騒ぎも手に取るように聞こえ、明け暮れなしの人力車《くるま》の往来ははかり知れない繁盛を思わせて、大音寺前と名前は仏臭いけれど、それはそれは陽気な町と住んでいる人は言ったもの

この現代語訳は、おそらく前田愛に影響されて、吉原と大音寺前との間の距離の遠さを重視し、「廻れば」を「回れば」と読み替えて、吉原の外郭をグルリと一回りすると解しているが、これはどうか。そうではなくて筆者の私見では、本文の「廻」字はむしろ「めぐる」とよむべきであって、誰かが見返り柳の回りを一回りしてみたらその樹影がひどく長く、つまり子供の背丈では意外に大きく感じられたという身体感覚と取る方がいいのではないか。ともかくその感覚が微妙な逆接表現になるのだ。

本文にある二つの接続分節は関節部になる基本的な構文は訳文でも忠実になぞられ、

「けれど」が二回繰り返されているが、どうしても訳出できないのが『たけくらべ』の生命線といえるナレーションの息づかいである。逆接という接続関係には常に接続詞の前と後との間に何らかの「切断」があるものだが、『たけくらべ』冒頭いきなり提示されるこのいわば主題的な「切断」は、ただ作中人物の心理に寄り添うだけでなくもっと切実に作者自身の心事に深く食い入っているように思われる。作者は、自分がこれから繰り広げようとしている物語の時空が自分が語る行為をする時・処から切り離されていることがよく分かっているのだ。

だから冒頭の息づかいは、最初からどこか断念を予感した諦めを孕んでいる。ふと洩らされる諦念の吐息に似た呼気である。書き出しばかりではない。読み進んでゆけば、読者は『たけくらべ』の作中随所で、語り手の胸から余り出る息づかいに気付かされる。たとえば(三)は、大音寺前の子供群像の中からヒロイン美登利《みどり》の輪郭が読者の前に始めてクローズアップされるくだりであるが、そのリズムはこうだ。

解かば足にもとゞくべき毛髪《かみ》を、根あがりに堅くつめて前髪大きく髷《まげ》をもたげの、赫熊《しゃくま》といふ名は恐ろしけれど、此髷《これ》を此頃の流行とて良家《よきしゅ》の令嬢《むすめ》も遊ばさるゝぞかし、色白に鼻筋とほりて、口もとは小さからねど締りたれば醜くからず、一つ一つに取立てゝは美人の鏡には遠けれど、物いふ声の清《すがすが》しき、人を見る目の愛敬《あいきょう》あふれて、身のこなしの活々《いきいき》したるは快《こころよ》き物なり、

この引用箇所にも、さきに「接続文節の反覆」、「西鶴風語辞の多用」と名づけた文章方法の特徴がまた見出される。「年はやうやう数への十四」(「九」)の少女ながら一際目立つ美登利のおませな美貌ぶりが紹介されるのだが、その描写さえもがいくつもの逆接関係を介して伝えられるのだ。シャグマといかつい名前だが、良家で流行する風俗の髷。口はちょっと大きいが引き締まり、造作の一つ一つを見れば標準の「美人」ではないが、声はスッキリ、目許もチャーミングで人好きのする顔である。

そして語り手は要所要所に「かし」「なり」と西鶴風の念押しを口に挟んで、読者に同意を求めるのを忘れていない。

四

顔立ちだけではない。気風《きっぷ》もカネの切り離れもよく、人々への気配りもよかったので、美登利は周囲に「子供中間の女王様」として君臨している。大音寺前一帯の子供たちの世界は、表町も裏町もその揺るぎない版図だったのである。子供の王国でもその毎日は、家業の手伝いだの見習いの徒弟奉公だの親の内職の手助けなどせからしいケの日常の連続なのだが、毎年一回はハレの日が訪れる。千束《せんぞく》神社の夏祭である。明治五年(1872)の神仏分離令で社格をただ竜泉寺(作中の大音寺のモデル)村一村規模の「村社」に引き下げられた——それ以前は千束全郷の鎮守だった——同社は、『たけくらべ』の時代になっても、なお村祭の風儀を留めていたのである。子供たちの中には、町民の信望を広く集める蓮華寺《れんげじ》(大音寺がモデル)の跡取りで、身分上、横町組とは張り合っている藤本信如《のぶゆき》がいるが、これは美登利がひそかに憎からず思っている相手だ。

子供たちの英気も祭の日のピークをめざして盛り上がる。血気盛んな少年同士では掴み合いの喧嘩も起こる。祭に演《だ》す俄《にわか》狂言——余興の即興寸劇——の稽古の最中に始まったいさかいは、最初のうち無邪気なこぜりあいだったのが、争いが嵩ずるにつれて激しい言い合いになり、とうとう美登利を巻き込み、日頃は意識されない子供たちの身分関係まで顕わになってしまう。

ゑゝ憎くらしい長吉め、三ちゃんを何故《なぜ》ぶつ、あれまた引たほした、意趣があらば私をお撃《う》ち、相手には私がなる、伯母さん止めずに下されと身もだへして罵れば、何を女郎め頬桁たゝく、姉の跡つぎの乞食奴、手前の相手にはこれが相応だと多人《おほ》数《く》のうしろより長吉、泥草履つかんで投つければ、ねらひ違はず美登利が額際にむさきものしたゝか……(「五」)

長吉の腕白は図らずもそれまで暗黙に伏せて来られ、子供たちも口にしなかった隠然たる事実を明るみに出してしまった。美登利が育っているのは大黒屋という遊女屋で、姉は「大巻」の源氏名で今全盛と評判高い遊女、母は遊女の仕立物、父は小格子(江戸吉原の最も格式の低い遊女屋)の書記をしているという具合に一家中が吉原に生計を依存している。そして美登利自身も、やがて成人したら吉原へ遊女稼ぎに出る、と約定した上で蝶よ花よと養育されているのである。

美登利は自分を待ち受ける運命を知らない。少くとも現実感を持っていない。「お職を徹《とほ》す姉が身の、憂いの愁《つら》いの数も知らねば、まち人こふる鼠なき格子の咒文《じゆもん》、別れの背中に手加減の秘密《おく》まで、只おもしろく聞なされて、廓《くるわ》ことばを町に言ふまで去りとは恥かしからず思へるも哀れなり」(「八」)と、町中で平然と遊郭特有の言葉遣いをする臆面なささえ愛嬌になる至福の少女時代を謳歌している。

五

『たけくらべ』一篇は、ヒロイン美登利が自分を取り巻き、保護膜のように「包んでゐる無垢で天真爛漫たる子供の世界」から、「ゑゝ嫌《い》やく、大人になるのは嫌やな事」(「十五」)と心の叫びを発しつつ引き離される物語である。初め「子供中間の女王様」として颯爽と登場した美登利は、やがてカネで買える女の姿を人目に晒さなければならない。美登利が花魁《おいらん》になったと噂の広まった「十四」では、「団子屋の背高」という頓馬な少年に「己《お》れは来年から際物屋（一時的な流行をあてこんだ品物を扱う商人）になつてお金をこしらへるのだから、夫れを持つて買ひに行くのだ」とうそぶかれる境遇なのである。

女王と遊女とどちらが美登利の本姿なのだろうか。もちろん、純粋で清澄で透明な少女時代が、成人後に淪落し、薄汚れて俗悪で金銭づくのただ肉感的な年増女に変容するというテーマは、世にいくらでもある話柄だし、文学史上でもありふれた紋切り型である。そうした物語定形の流れに棹さしながら、しかし樋口一葉の『たけくらべ』は、あまたの類作とは比較を絶して秀でていた。どこが光っているのか。森鷗外が合評「三人冗語」で「全体の妙は我等が眼を眩ましめ心を酔はしめ、応接にだも暇あらしめざるほど」と兜を脱ぎ、さらに「伝神の筆の至妙」「灰を撒きて花を開かする手段」「読者の注意を惹くこと、希有の珠宝にてもあるかの如くあるはいかに」と賞賛している通り、この作品には、次々と陳列される豊富な語彙の一つ一つが珠玉の輝きを放っていたのである。

上品めかしたみやび言葉は一切使われない。歌語を連ねた修辞と王朝物語風なロマネスクの技法は、中島歌子の萩の舎《や》歌塾にいた習作期に卒業した。小説は美文では書けない。愛の情念は凡夫凡婦の情痴と背中合わせであり、恋物語はげすな噂話や世間話を介して世に広まる。『たけくらべ』の言語空間では、作者はもはや高音部だけで孤高に歌うことはしない。社会の通奏低音、庶民の生活から湧き上がる低音の合唱、闇をつんざいて響く甲高い女の悲鳴、誰のとも知れぬ怒号・啼泣・馬鹿笑い……。そうした多声的な構造の言葉の本流が、或る不思議な諧調を保って開顕するのだ。

要するに一葉は、卑近な日常世界の非特権的な語彙を駆使して小説言語を組成する。そうすると、そんじょそこらの何でもない言葉の丈《たけ》がスーッと高くなる。その語辞から後光が差すような具合だ。鴎外が「灰を撒きて花を開かする手段」と形容したのはこのことだろう。鉛を黄金に変えるといってもよい。明らかに一葉の才筆にはこの秘法が具わっていた。

その鴎外が、続いて「第二のひいき」と名乗る批評子の口を借りて、「一章一句の上に現れたる霊機」の一例として、点出される「寸許《すんきょ》の友禅染《ゆうぜんぞめ》の截片《きれ》」に注目し、之が読者には「希有の珠宝」のように感じられるのはなぜか、と問うているのはさすがであった。

「第二のひいき」は、(十三)と(十四)をまたぐ場面：大黒屋の寮から美登利が雨の中で下駄の鼻緒を切って難渋する信如を見かねて、「針箱の抽出しより取り出」した友禅染の端切れの「紅入のいじらしき姿を空く地上に委ね」る一段を取り上げ、この情景をクローズアップしている。特に印象深いのが、放置されて、雨に塗れしょぼれ、「思ひのとゞまる紅入の友仙」のイメージである。

さりとて見過ごし難き難儀の躰をさまざまの思案つくして、格子の間より手に持つ裂《き》れを物いはず投出せば、見ぬやうに見て知らず顔を信如の作るに、ゑゝ例《いつも》の通りの心根と遣る瀬なき思ひを眼に集めて、少し涙の恨みがほ、何を憎んで其やうに無《つれ》情《なき》そぶりは見せらるゝ、言ひたい事は此方《こち》にあるを余まりの人とこみ上るほど思ひに迫れど、母親の呼声しば〳〵なる侘しさ、詮方なしに一ト足二タ足ゑゝ何ぞいの未練くさい、思はく恥かしと身をかへして、かた〳〵と飛石を伝ひゆくに、信如は今ぞ淋しう見かへれば、紅入り友仙の雨にぬれて紅葉の形のうるはしきが我が足ちかく散ぼひたる、そゞろに床しき思ひはあれども、手に取あぐる事をもせず空しく

眺めて憂き思ひあり。（十三）

美登利と信如が注視し、それにつれて読者の視線も集まる先には、雨に打たれたまま置き去りになる一寸ばかりの友禅染の端切れである。水分をたっぷり含んでいよいよくっきり目立つ紅の色が強く印象づけられる。イメージの中心にはこの浮き立つ紅がある。この場面ではヒロインの内心の慕情、それを押し隠して張り通される意地、言いたくても言葉にならぬもどかしさ、口以上に雄弁に物を語る眼の光、娘の心をいっこうに知らぬ母親の無神経な声……幾重にも重なり、縺れ合った心理の綾のアラベスクが、次々と続き模様として展示され、最後に渦が静まって清澄な水面が広がるように、このイメージが浮かび出るのである。

見るに気の毒なるは雨の中の傘なし、途中に鼻緒を踏きりたるばかりは無し、美登利は障子の中ながら硝子《がらす》ごしに遠く眺めて、あれ誰か鼻緒を切った人がある、母さん切れをやっても宜《よ》う御座んすかと尋ねて、針箱の引出しから友仙ちりめんの切れ端をつかみ出し、庭下駄をはくも鈍《もど》かしきやうに、馳せ出で丶、椽先の洋傘《こうもり》さすより早く庭石の上を伝ふて急ぎ足に来たりぬ。（十二）

この情景を織りなすのは相次いで継起する連続視象（視覚心象）だけではない。作者は、情景の各々を組み立てる語りの音響的構築、つまり聴覚心象の配列にもじつに多声的な、それでいて安定した声調の統一を持続する——音楽学の用語でいえば同一の「調性」を保定する——天性の能力を持ち合わせている。「ゑゝ例《いつも》の通りの心根」以下の美登利の心内語には、浄瑠璃のクドキの節回しを思わせる語調と節奏《リズム》が具わり、庭の踏み石を「かた〱と」庭下駄を鳴らして信如に近寄る美登利を叙しては擬態語まじりに生動する身体感覚を伝え、思いを口に出せずもどかしい胸の鼓動も描写の底層にずっと微音で響き続けている——という具合に、一葉のナレーションは、日常卑近な慣用句・常套語・口舌《くぜつ》・叱言《こごと》・愚痴など俗談平語のさまざまな発現を平等な音素材にして取り込み、それらを衝突させたり交響させたりして、一つの純全たる調性の中に溶かし込むのである。

六

『たけくらべ』の一葉は初期の習作時代のように雅語・歌語から得た美文的修辞で文章を綴ろうとしない。常言平語は近代小説語の初期には、会話でない地の文では原則として用いられず、音連鎖上では楽音ならぬ噪音であるが、一葉はこれを臆することなく地の文に流し込み、言葉の楽曲を編成する楽音に変えるのだ。筆者《わたし》がさきほど「『たけくらべ』の世界に《音楽》が流れている」と形容したのもその意味だ。たとえ基本的な音脈から飛び離れた語句であっても、いつしか主想音に引き込まれて協和音化し、言葉の楽曲のうちに位置を占めさせられるのである。

幾多の視象・聴覚像が湊合して組み立てられるこの言葉の楽曲は、音楽の場合の結末の最終和音による解決に似て、言語心象内部での相互淘汰を経て基本イメージに向かって収束する。いわば『たけくらべ』の根音である。「紅入の友仙」がそれだ。作品を味読してみると、よくよく一葉はある無意識に導かれて、「友仙」に心惹かれていたとしか思えない。前に引用した下駄の鼻緒シーンの以前にも一葉は「友仙」という字句を使っている。固着があると思わせるほどだ。

この基本イメージは、さながら楽曲に繰返し立ち返って奏でられるライトモチーフのように、さまざまに編曲されて『たけくらべ』の何箇所かに現われる。音楽でいう主題と変奏に当たるものが、小説テクストではイメージとその変容に該当する。美登利のような和装の女性の場合には、髪型や着物の種類・着こなし・模様や図柄などが微妙な変幻を印象づける。

たとえば(五)では、美登利を「我子ながら美しき」と見る母親が手づから髪を梳いてやり、「単衣《ひとえ》は水色友仙の涼しげに、白茶金らんの丸帯少し幅の狭いのを結ばせて」と身繕わせる。友仙それ自体ではないが、染め色の「水色」——薄い緑がかった青の寒色——が、夏向きに涼しげだと印象的に強調されている。絵柄や模様への言及はない。そしてこの一篇の最終行、『たけくらべ』のフェルマータであしらわれるのは、「水色友仙」ではなく、水仙の造花である。

或る霜の朝水仙の造り花を格子門の際《きは》よりさし入れ置きし者の有りけり。誰れの処《し》業《わざ》と知る者なけれども、美登利は何故となくなつかしき思ひにて違ひ棚の一輪ざしに入れて淋しく清き姿を愛《め》でけるが、聞くともなしに伝へ聞く其明けの日は信如が何がしの学林に袖の色かへぬべき当日成《なり》しとぞ。(十五)

前には「紅」と色の名があって形を言わず、今は形こそあるが、色名はない。これらの一対のイメージは、このように対照的であるが、共通の字句もある。「水色友仙」は「水仙」を含んでいるのである。これはとても偶然であるとは思えない。なるほど一葉自身は無意識だったかも知らないが、何か深層に潜む内言語の文法のようなものがこれら二つを等価物と見なさせているのではないか。この造花を差し入れたのは疑いもなく信如であるが、その信如の心眼には、清楚な水仙のイメージが清純な美登利の像と重合していたに違いない。美登利が愛でた造花の水仙の「淋しく清き姿」は、(五)の水色友仙の単衣で身を装った自分の自画像を慈しんだのである。それは、髪を大島田に結い、「鼈《べっ》甲《こう》のさしこみ、総《ふさ》つきの花かんざしひらめかして、何時よりは極彩色《ごくさいしき》の」(十四)京人形のように着飾らせられる——要するに、花魁にされる——よりも前の自分の形姿をなつかしむのに他ならなかった。

七

明治二八年(1895)の『たけくらべ』の出現は、同時代の小説界を大きく揺るがせた文学的事件であった。さきにいった森鷗外・幸田露伴・斎藤緑雨の「三人冗語」を筆頭として、多くの作家・文学者たちが心の底から震撼させられた。一葉の豊富な語彙量、雅俗取り混ぜて自分の文体へ大胆に取り込む積極的な独創力、何よりも作中に登場する人々への理解ある感受性……一葉にしては天与の才分だったそれらの能力は、たちまち羨望と垂涎の的となり、その当の持ち主に対する幾多の好奇心混じりの恋情も生まれた。

中でも微苦笑を禁じ得ないのが『文學界』同人の青年たちで、どうやら端から一葉に夢中になったようだ。平田禿木《とくぼく》・馬場孤蝶《こちょう》・上田敏・戸川秋骨《しゅうこつ》といった連中である。みんなロマンチックで多感な文学青年ばかりで一葉に驚嘆と思慕の念を抱き、入り浸って青っぽい議論を熱っぽく語り、いつまでも帰らず一葉を困らせたらしい。一葉が居留守を使ったこともある。「平田ぬしには此月たえて逢はず。文こまごまとおこしつれど、孤蝶ぬしとの間に物うたがひを入れて、少しねたまし気などの事書きてありしもうるさければ、返しはやらず成りにき。みづからも二度ほど訪ひ来しかど、国子の取はからひで門よりかへしぬ。／秋骨も幾度わがもとをとひけん。大方土曜日の夜ごとには訪ひ来る。来ればやがて十一時すぎずして帰りしことなし。母も国子も厭ふは此人なれどもいかゞはせん」（『水のうへ日記』明治二八年／一〇）といった具合である。生活に苦労し、世間智にもたけていた一葉は相当したたかな、たとえて言えば金銭の無心状を優雅なやまとことばで綴れる女性だった。自分を取り巻く文学青年たちが甘ちゃんに見えて仕方がなかったろう。日記に見られるめいめいの人物評は辛辣をきわめる。しかし同じ『文學界』同人にも例外がいた。島崎藤村である。一葉は藤村にはこれっぽっちも関心を向けず、日記にも登場しない。また藤村の側でも、「やっぱり女だネ」（「女」）と一葉をかなり突き放して見ている。

この「女」という作品は一葉の死後十五年も経った明治四四年（1911）になってから書か

れた短編であり、かなりオトコの目で視線を上から注いでいるが、それにしても藤村が、「自分は婦人科の医者のように、接近し過ぎるほど接近して、彼女の身体の臭気《にほひ》でも嗅ぐやうな気がして来た。斯《こ》の女くさい、決して淡泊なとは言へない臭気は一体何から来たかと思って見た」と述懐しているのは、いかにもこの自然主義文学者らしくて興味深い。たしかに一葉の日記からは、この「臭気」も盛んに発散されている。『たけくらべ』に満載されている一葉の豊富なレキシコン（語彙目録）は、清濁嫌わず広がる世界の容積と無関係ではないのだ。そのように身の回りにも自己の内面にも奥深い暗がりを抱えた女性の出現は、同時代の青年たちにとっての事件だった。男たちの反応も実にさまざまだった。

後に冷静になった平田禿木は「決して綺麗な人ではなかったのだ。色浅黒く、髪は薄く少し赤味がかっていて、それをぎゅっとひっつめに結ってい」（「文學界前後」）るとその印象を記している。あまり風采の上がらぬ地味な外見の女性だったのである。それにも関わらず、周囲の男たちは「いかなる人ぞやおもかげ見たしなどつてを求めて訪ひよるも多し」（『水の上日記』明治二八年六月三日）というありさまになった。その中で特筆するべきは、斎藤緑雨との出会いと交情であろう。緑雨という作家は今日ではほとんど忘れられているが、明治二〇年代の文学的新旧交替期に小説家・批評家として活躍し、世に一目置かれた文学者である。が、文壇的には不遇で、終生毒舌と嘲罵をもって聞こえる作風で通し、明治三四年、三八歳で窮死する。緑雨は明治の時代でもすでに「急派作家」と目されていたくらい、江戸文芸の造形に富み、その詞藻や修辞を駆使する技法にたけていた。その女性観も江戸の狭斜《きようしや》の世界（花柳界）から形成された辛辣で苛烈なものであった。アンチフェニミストあるいはミソジニー（女性憎悪）を標榜しているのである。たとえばこんなタッチだ。

○さなきだに女の腐れ易きは、鯖の腐れ易きが如し。其ともに腐れざる以前をいはゞ、無論箸は女よりも、鯖に揚ぐべき事也。（『長者短者』）

これは緑雨の短い生涯では晩年にあたる明治三五年（1902）のアフォリズムであるが、こういう一種確信犯的な女性嫌悪の信念は、いち早くかなり初期に書かれた小説『売花《ばいか》翁《おう》』でも、三度の結婚生活に失敗し、「持つまじきは女房なり親の見立てたるは我気に入らず偶《たま》ま双方がシックリ合へば病《やまひ》に死す」と不運が続き、女は懲り懲りという経験をつぶさに嘗めた老翁の口を通じて披瀝されている。緑雨は筋金入りの女性不信者なのである。坪内逍遙の回想では、かつて緑雨は『色百種』なる一篇を作ろうとしていたそうだ。「当世風に言やア恋百種でせうけれども、つまり、同じことですからねえ、わざとむきだしに」(「斉藤緑雨」傍点ママ)と語ったそうだ。『文學界』ロマン主義の「恋愛神聖論」などは冷罵の格好のエサだったに違いない。

ところが、そんな斎藤緑雨の前にこの女ぎらいをキリキリ舞いさせずにはいない女性が出現したのだから、人の世の面白さはつきない。緑雨はおそらく生涯にただ一度だけ、自分の女性観を心の底から揺さぶってくるオンナに出会ったのである。明治二九年(1896)――一葉の死の年である――五月下旬、やがて半年後には相手がこの世にいないと知る由もない緑雨は、異様な熱意をこめて一葉に面会し、心のたけを語っている。心のどこかにはコンナハズジャナカッタという気持が掠めていたに違いない。負けずギライで体裁屋の緑雨にしてみれば、こんな仕儀に至るなんてひどく心外だったろうが、気が付けば柄にもなくむきになって喋り立てているではないか。まったくその様子は、平時《つね》の緑雨の躰《さま》ではなかった。

『水の上日記』の五月二四日、「正太夫（緑雨の号）はじめて我家を訪ふ　ものがたること多かり」とある記載を初見として、一葉の日記は緑雨の足繁き来訪を記し留めている。二九日、座敷の次の間に通された緑雨は大いに弁舌を揮う。初対面だというのに二人はすこぶる気が合ったらしく、一葉は「正太夫としは二十九、痩せ姿の面やうすご味を帯びて唯口もとにいひ難き愛敬《あいきよう》あり」と、相手に好印象を抱いている。同時代人には「曲者」として通り、毒舌と冷罵に韜晦《とうかい》して容易に自己の真姿を人前にさらけ出さなかった緑雨をわれになく素直にするような何かの力が一葉にはあったようだ。一葉もまた鋭敏に緑雨の心中の動揺を直感していた。

「われに癖あり。君がもとをとふ事を好まず」と書したる一文を（緑雨が——注）送られしは、この一月の事成《なり》き。斯道熱心の余り、われを当代作家中ものがたるにたるものと思ひて、諸事を打すて訪ひ寄る儀ならば、何かこと更に人目をしのびて、かくれたるやうの振舞あるべきや。めざまし草のことは誠なるべし。露伴との論も偽りにはあらざらめど、猶このほかにひそめる事件のなからずやは。思ひてこゝにいたれば、世はやう〳〵おもしろく成にける哉《かな》。この男、かたきに取てもいとおもしろし。みかたにつきなば、猶さらにをかしかるべく、（川上）眉山・禿木の気骨なきにくらべて一段の上ぞとは見えぬ。逢へるはたゞの二度なれども、親しみは千年の馴染にも似たり。（同五月三〇日）

これが緑雨との対話で一葉の心に生じた波紋、一葉の内面を目まぐるしく去来した心事のあらましである。人を見る目が格段に変わったのだ。「気骨がない」の一語で片付けられた眉山・禿木こそいい面の皮だが、こんな場合、才能が淘汰されるのは已むを得ざる仕儀であった。このとき一葉に訪れていたのは、真に才能ある人間にも滅多に起きることの少ない、天佑というべき幸運な機会である。鴎外・露伴といった一代の大家に賞揚され、博文館のような一流の版元から注目される。すでに約束されたも同然の輝かしい将来が泡と消え失せたのは、その後ほんの僅かな日数のうちに、奔馬性の結核が一葉を短命に終わらせたからであった。

一葉との出会いは、緑雨にとっても破天荒な出来事だった。この救いがたい明治のメールショーヴィニストは、かくも不世出の才能を持った女の実物がまさか目の前に現れようとは、思ってもみなかったのである。「われに癖あり。君がもとをとふ事を好まず」と手紙に書き送ったのは、この負けず嫌いの男の精一杯の見栄であった。ほんとうは心の底でもう降参しているのだ。でなければ、六月一九日の夜再三来訪した緑雨が、旧派の自分と新派の一葉と合作小説をかくという某誌の企画のことを語り、「君もしうつて出で給ふとならば、我れもくつばみを揃へて立出づべし」(同六月一九日)と乗気になっているわけがない。「我れ君がもとを訪ふ前後幾度、いまだにいかにしても君しる事のかなはぬはいかなるゆゑならん。解しがたきは君が人となりにおはすよ」「世人我が名を聞くより、やがて皮肉家の大将のやうに覚え込み居るを、君が事のみはであらんは、其さまあやしう見ゆべき事なり。正太夫の一分かくてすたらんとす」(同七月一五日のつづき、傍点引用者)とほとんど敗北宣言のような口吻を洩らすわけがない。

こんな緑雨に対して一葉は、最後まで韜晦の姿勢を崩すことなく、相手を自分の内面に寄せ付けなかった。（緑雨は）「『君（一葉）が『にごり江』を熱涙もて書きたるものといふいと笑ふべし、うちにかくれし冷笑を観破するものなきをかしさよ。われはむしろ涙より以上の冷笑を喜ぶものなり、いかゞこたへ給へ』といふ。唯打笑ひてのみあればいひかひなしとやつひにやみぬ」（同）一葉に翻弄されっぱなしでとうとう匙を投げた緑雨の顔が見えるようだ。

しかしこのまさしく一期一会的な両者の邂逅は、直後の一葉の早世によってあわただしく打ち留めになってしまう。一葉の死後、緑雨の女ぎらいの信念は、一葉との出会いで、ひとたび根幹を揺るがされた体験からいよいよ複雑骨折的に内攻し、ますます狷介《けんかい》になり、女性への毒舌を吐き散らしながら、一歩一歩自身も孤独な死に近付いてゆく。時代後れの「旧文学者」緑雨は「窮文学者」（『霹靂車《へきれきしや》』）となりその果てには陋巷での窮死が待ち受けていた。死因は一葉と同じ結核だった。

八

斎藤緑雨には未完のまま打ち捨てられた小説『門三味線《かどざみせん》』(明治二八年七-八月)がある。この作品は、『たけくらべ』の影響ないしは刺激のもとに着想された(稲垣達郎「明治文学全集『斎藤緑雨集』解題」)とする説もあるように、童心の世界を描いているが、八月に「作者大患執筆不能」を理由に中絶。その後、続編は書かれなかった。なぜか。もちろん健康上の理由もあっただろうが、これには将棋の名人戦などによく見られる「投了」の気味合いがある。自身凡庸な作家ではなかった緑雨には、作品を「見切る」目もよく利いた。図らずも競作することになった両作の出来栄えは、かなり歴然と差がついている。負けん気の強い緑雨のことだ。さぞ歯軋りしながら兜を脱いだのに違いあるまい。

筆者《わたし》はさきに「『たけくらべ』の世界に《音楽》が流れている」と書いたが、今『門三味線』の世界ではどうか。残念ながら、筆者の耳にはそれが聞こえてこない。聴覚が貧弱なのだろうか。それとも作中に満ちている物音が異質な響きを発しているのだろうか。

主人公は、お筆・お浜と呼ばれる土一升金一升の繁華街育ちの江戸娘である。時代は幕末。作中に文久銭(「文久英宝」の鋳造開始は三年二月)が使われているから文久・慶応頃の物語だろう。お筆は通町《とおりちょう》(現中央区一〜三丁目)の紙問屋のひとり娘で、幼時から乳《おん》母日傘《ばひがさ》で十四の今日まで育てられている。お浜は横町の荒物屋の娘でお筆を「美濃屋のお嬢様」と呼ばねばならない身分だが、年の差はわずか一月違いのこととて子供同士の付き合いには分け隔てなく、雛祭に七夕にも「筆様浜様《ふうさまはあさま》」と二人揃って実の姉妹よりも仲睦まじいほどだった。

タイトルにも「三味線」という字句が見えているように、作中ではしょっちゅう三味線の音がしている。三本の弦が鳴り響いている。中でもいちばん身近なのは、お浜・お筆が連れ立って通う稽古三味線だ。今お江戸で流行しているのは常磐津節で、近所の新道に瀟洒な格子戸を構えた女師匠文字《もじ》が「三味線引寄せ、撥《ばち》当てて試《み》て尚高いめの二の糸(三味線の第二の弦)いぢくり居たり。さあ浚ひましょ」(二)という調子で稽古を付ける。二人の稽古場通いをいつもそれとなくエスコートするのが町内の鳶の頭の息子、十五、六歳の巳之助《みのすけ》である。娘たちを家路に送るといって三人並んで歩き、路次からぬっと現れた大きな黒犬を追い払ってくれたり、通りすがりに見かけた盲目の女乞食が

「古莚《ふるござ》一枚大地に敷きて、袖も裾も今はこの世は破れ三味線、音色も貧ゆゑ狂ひてわづかに渡る橋のたもと調子あぶなく、何やら弾いて居る」(四) 姿に同情して小銭をやるのを手伝ってやったり、何かとまめまめしく世話を焼く。そんな頰笑ましい童心の絵巻物が繰り広げられて行くのである。

かねて一葉作品の朗読を手がけたことのある作家の小池昌代さんは、一葉文学の音楽性についてこう書いている。

筋書きでもキャラクターでも構成でもなく、あの文章こそが一葉の生命。そこには「音楽」が鳴っているといってもいいが、地の文と会話文には、違うリズムが流れていて、その合体が、一葉の雅俗折衷体なのである。水の面は雅びに流れている。しかし底のほうではぎしぎしと骨がきしむ音がする。(「一葉とは誰か」、『一葉のポルトレ』所収)

人間世界には音響が充満している。自然の物音は別としても、人間の音声だけでもたっぷりだ。音声も音響の一種だから、素材になる音の性質は圧倒的に「噪音《そうおん》」(振動数が不規則な音)が多い。軋むような不愉快な印象を与える。これに対して、振動数(周波数)が規則正しい音は「楽音《がくおん》」と呼ばれ、通常の音楽は主としてこの楽音の連続的配列によって構成される。言葉の音楽も原理的にはこれと同一だが、個々の音材中で、規則性が発現することよりも、むしろその聴覚心象がいかに常時堅固であり、いかに反復的・再現的であるかの安定性・安堵感をもたらすかに依存するのだ。楽音・噪音という二分法からの類推は、言文一致時代以前の雅文・俗文の対立にまではある程度当てはまるかも知れない。語彙面では雅語としからざる語とは峻別され、語法面でも語格が古典文法に叶っているかどうかが基準になった。やがて会話文は日常俗語体、地の文は雅文で綴る雅俗折衷体が出現するなど、その他世の中ではさまざまのヌエ的文体の試行錯誤が重ねられていたさなかに突然一葉文学の開花が訪れるのである。

一葉が作中で駆使する日常俗用語は、さきほどの楽音・噪音二分法でいえば噪音の最たるものであろう。「おい木村さん信さん寄ってお出《いで》よ、お寄りといったら寄っても宜《よ》いではないか、又素通りで二葉やへ往く気だらう」(『にごりえ』㈠)、「私の家《うち》の夫婦《めをと》さし向ひを半日見て下さったら大底《たいてい》は御解《おわか》り成ませう、物言ふは用事のある時慳貪《けんどん》に申つけられるばかり」(「十三夜」(上))、「エゝ大金でもあることか、金なら二円、しかも口づから承知して置きながら十日とたゝぬに耄《もう》ろくはなさるまじ」(「大つごもり」(下))——これらのシチュエーションをいえば、第一は場末の銘酒屋(最下等の売春宿)の名もない引き女の声、第二は嫁ぎ先での虐待に耐えかねて実家に戻って来た若い女の愚痴、第三は貧ゆえに裕福な主家から小金を盗む娘奉公人にまさしく犯意が兆す瞬間の心中語である。どれも雅語雅文には向かない平々凡々たる女たちの心事だ。しかし一葉の文章は、こうした噪音的な素材をさえ楽音の材料に組み換えないではいない。噪音は基本的に不協和音であり、楽音とハモることは通常ありえないが、一葉の天寵的な聴覚にはもう一つ高次な楽想のうちに諧調を醸し出す特別の和声法が具わっていたのである。

その最晩年に懸命に一葉に尽くした綠雨にはチト悪いが——惚れた弱みだ。仕方あるめえ——『門三味線』を最後まで読んでもあの「音楽」はついに鳴らない。なるほどお浜・お筆・巳之助の行く先々にはいつも子供なりに感情の食い違いやら仲直りやら達引やらの出来事がしょっちゅう繰り返され、それらが正月・雛祭・上野の花見・地蔵盆などの江戸の四季・年中行事に織り込まれているのであるが、この少年たちの世界には人をしいんとさせるような事件は何も起きないのだ。この小説は新聞連載二三回目で中絶する。「友も敵《かたき》も一つに載せて誰れそれかまはず、其年も其あくる年も凡そ二年足らず忽ち過ぎぬ」というのが掉尾の一文である。

緑雨がこの後どんな物語プロットを考えていたのかは杳《とう》として不明だ。それが緑雨のライフスタイルというべき女性の予定不調和の主題とどう調和させるつもりだったかも今となっては謎だ。分かっているのはただ一つ、樋口一葉の死後、緑雨が急速にこの小説への意欲を失ったことだけである。

『たけくらべ』のナレーション

讃美歌とざれ歌
——岩野泡鳴の小説技法

一

おそらく文芸雑誌の誌面で公然とバカモノ呼ばわりされた作家はあまりいないだろうが、岩野泡鳴はまさしくその人物であった。大正三年（1915）六月の『新潮』に発表した『岩野泡鳴氏を論ず』という短文の冒頭第一行で、「泡鳴は偉大なる馬鹿である」といきなり大喝したのは、同時代のアナーキスト革命家である。

そればかりではない。大杉はまだ言い足りないと見えて、すぐ続けて、「泡鳴は、元来甚だ拙劣に出来上がった人間である。彼れには、その個性の強烈に伴ふ、頭脳の緻密と

Hymn and Limerick in Iwano Homei's Novel

明晰とがない。その頭脳は、甚だしく粗雑であり、且つ、甚だしく混乱してゐる。これだけである。既に彼れはその一方に有する偉大性と真実性とに、甚だしき傷害を加へた。／然るに彼れは、その粗雑な且つ混乱した頭脳を、ありのまゝに見ることが出来ないで、それを緻密な且つ明晰なものと妄信したのだ」とまるで容赦がない。ほとんど完膚なきまでに相手をやっつけるのだ。

さすがの岩野泡鳴もこれでは形無しである。自分では「緻密」なつもりでいた頭脳を「粗」だと決めつけられ、「明晰」と信じ込んでいたのに「混乱」していると言われる。こうまでケチョンケチョンにけなされたら、人間はふつう激しく落ち込むものだろう。しかし泡鳴はへこたれない。アハハアハハと有名な高笑いでひとを煙に巻き、持ち前の自信たっぷりの姿勢を崩さない。粗雑とか蛮勇とか言われる野性味の中に、かえって、他の作家たちが持ちたくても持てない独特の力を具えているかのような塩梅なのだ。もしかしたら大杉栄のことさらな悪口も、泡鳴という作家に底流し、その奇怪な活力を補給しているのは、「偉大」さと「愚鈍」さとの珍妙な共存関係にあることを指摘しているのではあるまいか。

岩野泡鳴という作家にはいつもこうした極端な褒貶がつきまとう。しかも褒貶の仕方に特色がある。褒める者もいればけなす者もいるといったありきたりの評価ではない。けなす言葉がそのまま賞賛の語になっているという具合である。

たとえば批評家の河上徹太郎は、「私は此の度彼の『悲痛の哲理』とか『刹那《せつな》哲学の建設』とか『新自然主義とかいふ論文を読んだけれど、殆ど退屈で読むに耐へない」(「岩野泡鳴」昭和三年)といっている。

それほど泡鳴の言葉使いは独断的であり、極度に一人合点的であり、ありていにいってヒトリヨガリであった。それでも泡鳴が、当時の青年層に大きな影響を与えたのは、大正二年(1913)にアーサー・シモンズの『表象派の文学運動』という翻訳書を出したからである。原題は *The Symbolist Movement in Litterature*。泡鳴はその頃まだ「象徴」とする訳語のなかったsymbolを「表象」――井上哲次郎の『哲学字彙』に見える――と訳出したのである。泡鳴は『神秘的半獣主義』『悲痛の哲理』『刹那哲學の建設』などの初期著作にメーテルリンク、エマーソン、スエーデンボルグ、メレジュコフスキーといった人名をかなり無造作・順不同・不作為に列挙している。とりわけショーペンハウエルを重視して、その音楽論を特別に位置づけている。しかしそれには実際の西洋音楽体験は皆無といってよいほど貧しい。泡鳴は論旨を「詩を音楽よりも一等うへの芸術」だとする持論へ強引に運ぶための一段階としてのみ「音楽」を必要としたと思わせるほどだ。必ずしも鬼面人を驚かすペダンティックな羅列ではなかった。

泡鳴は最初の長編評論『神秘的半獣主義』(明治三九年・1906)中の「新悲劇論」と名づけた一章で「ショーペンハウエルの音楽論を破す」と副題して、「言語も表象であれば、音響も表象だ。若し概念の様な抽象物ではなく、直観的に世界を表出するための、音楽を普通言語と云ふなら、同じ理由を以って、表象的言語を普通言語と云へる」とむずかしい議論を始めている。その論旨は「破す」とは言いながらも、基本ではショーペンハウエルの音楽論の一部――《音楽は言語と同じように個別の現象に対して普遍性を持つという点では一致しているが、言語概念が抽象物であるのに対して、音楽は現象の一切の形式に先立ち、その奥から直接に働き掛けてくるある情感である。概念は事物以後の普遍、音楽は事物以前の普遍だ》という主張をそっくり着用している。

つまりショーペンハウエルの音楽論から都合のよい所だけを拉し来たって自分の「霊

肉合致論」に取り入れているわけだが、その場合特に重点が置かれているのが、言語と音楽・言葉と音響とのどちらも「表象」である限りの同一性だという勝手な等式である。泡鳴のいう「表象」は「語義」――「言ひ切り性の言語」――と違って、なんら「固定の意義」を持たない。その不明瞭さがむしろ「表象」の命なのだ。そしてこのように解読しなければ、泡鳴の謎かけめいた文章はとても判読できない。というのは、泡鳴がここでは「朦朧」という言葉を通例に反してプラスの意味で用いているからである。ふつう「朦朧」といったら「曖昧」「多義的」「不明瞭」「模糊」「茫漠」などの類語であり、「明快」「清澄」「透徹」の対義語だ。音楽は楽音の持続であり、刹那の連続であり、固有の個別的な意義を持たない表象だから、その限りで「朦朧」を特色とする芸術なのである。その証拠には、言語は一国に固有されているが、音響は万国の共有物ではないか。

しかし、ショーペンハウエルとの強引な二人三脚もこれまでだ。言語も音楽も共に「表象」による「抽象的空虚」な表現だとして両者を一緒くたにする論法は、それでも両者の間に存在する明白な差異への注目を境にぴたりと影をひそめる。ショーペンハウエルは音楽を「幾何学の図又は数」のように「実質のない純形式のもの」だというが、その言い方自体から「音楽では満足が出来ない」何か未知の「最終無上の芸術」が模索されていることがわかる。泡鳴によれば、それこそが今自分が現出しつつある「新芸術」に他ならない。それは「直観的」——概念に媒介されない——ではあるが、またショーペンハウエルのいうような「純然たる形式」のものでもない。泡鳴はそのように措定した理念的な位置に自分の刹那哲学をうまく辷り込ませるのである。

僕の刹那観では、一刹那即ち、一数より外存在して居ないのであるから、その数は生命であつて、形式の如く他物に利用されるものではない。数そのものの流転盲動が、芸術になつて居るのである。（『神秘的半獣主義』・「新悲劇論」）

二

泡鳴は「刹那」という言葉を愛用する。もとは最短の時間単位を意味する仏語《ぶつご》であり、泡鳴も同じ意味で使っているが、特に急速に移り変わってゆく人生の時々刻々、一瞬一瞬を重視してる。文学芸術はその刻々に盲目的に蠢動する表象の神秘的変幻をできるだけ偉大かつ深遠に「活現」する——生き生きと現わす——ものでなくてはならない。つまり「文芸の本旨は、豊公奈翁——豊臣秀吉とナポレオン（引用者注）——の行き方に等しく、刹那の起滅（起こったり消滅したり）を争ふ悲痛の霊を活躍さすにある」（同書「刹那的文芸観」）とされる。

今引用した「刹那主義文芸観」の一節には、「起滅を争ふ」とか「悲痛の霊」とかいった泡鳴語がちりばめられている感がある。また、泡鳴自身を豊太閤やナポレオンの偉業になぞらえる誇大妄想癖も顔を出していて、いかにも泡鳴らしいが、要するに生の一瞬一瞬を最大限に拡充して我が物にする活動に没入するのが「刹那主義」なのだ。それはまた「自我を食ふ心霊の活躍」と言い替えられる。この「一刹那一刹那の自食的表象」「天才が自分の天才を食ふ活動」を捕捉し、書き留められる唯一のものが文芸である。こう論じ来たった泡鳴は、ここでいきなり「文芸」を「戦争」「恋愛」に並置するのである。なぜまたそうなるのか。泡鳴にあっては、これは別にカテゴリーの混乱ではない。「文芸」「戦争」「恋愛」の三つにはいずれも、取り組むべき相手があり、相手と取り組んでいる渦中に「神秘的恍惚界」が発見できるという共通性を持っている。ただ戦争と恋愛の場合には「非我なる者を見とめる余裕がある」が文芸にはまるでない、というのである。

「戦争」「恋愛」では対峙・対立・対決するのは自我と非我（他者）という関係であるが、「文芸」の場合は強烈な自我と自我とのせめぎ合いになるということだろう。せめぎ合いのさなかに生じる「霊境」すなわち「神秘的恍惚界」に自由に出入することができるのは「刹那的文芸」のみなのである。これほどの文芸になると、駆使されるのは知力だけではない。恍惚感が与える「朦朧」を「暗中にひらめく霊果」としてその場で捕捉する能力も要請される。

この界域で原理的に起きている事柄は、一口にいえば「諸表象の盲目的活動とその衝突」に他ならない。言い替えれば「自然即心霊の活現」である。それが各刹那ごとに起滅するのを「流転」といい、その起滅が連続するのを「運命」という。そうした運命に翻弄される霊が「無終無決の苦悶」のうちに発する悲痛の声は、「人間の使ふ言語中に潜んで居る曖昧粗雑な音律」として自然に発輝されるに至る。このとき言葉は――個別＝具体的な語義を持たないという点で――もっとも音楽に近づく。「一の根音から、長短、高低、強弱、異色の諸音が連続して、音律となり、旋律となって、音調の和諧を聴かす」（新悲劇論）と鹿爪らしく基礎的な音楽論を始める泡鳴が、特に重視しているのは音律である。

泡鳴が思い描く音楽像は例によって我田引水的であり、かなり偏頗である。よくいわれる音楽の三要素――和音・節奏（リズム）・旋律――のうち、泡鳴が関心を示すのは「節奏」だけで、「和音」にも「旋律」にもまったく風馬牛だ。無理もない。泡鳴はいかにも深遠に音楽を論じているが、実際には多く英語の文献から得た半可通の知識であり、およそ音楽理論ましてや音楽の思想を語るのに不可欠な基礎教養――なかんずくナマで聴く体験を当人は持っていなかった。たとえば『新体詩の作法』（明治四〇年・1907）は、「数年前、近藤逸五郎（明治の声楽研究家）等が訳して音楽学校の奏楽堂に於て試演したグリュックの作、『オルフォイス』を初めとし」云々と記しているが、この日本初演は明治三六年（1903）のことである。専門家・関係者以外の一般民衆に裾野が広がっていたとは思えない。この時代、西洋音楽を実地に見聞する機会は非常に少なかったのである。

それでいて泡鳴のオペラ論はすこぶる雄弁だつた。つとに明治三六年、『白百合』――

明治三六～四〇年の文芸雑誌――にベートーヴェンの『フィデリオ』やウェーバーの『フライシュッツ（魔弾の射手）』を訳出し（但し筋書だけ）、また「楽劇」の見本としてワグナーの『タンホイゼル』にも『トリスタンとイソルデ』にも言及した。どちらにも「その創作は音楽的に優秀であっても、それに附いて居る歌辞は、それまでのオペラや現今の唱歌に附いて居る歌辞と同様、時としてはたいした代物ではなかった」というご託宣付きである。

泡鳴の同時代における西洋音楽の素養についていえば、明治二〇年（1887）に設立され、同二三年（1890）に開校した東京音楽学校――ここは明治四〇年（1907）に邦楽調査掛が置かれるまで西洋音楽一辺倒だった――に集まった音楽エリートたちは別格として、文学者の間にも相当行きわたっていた。森鷗外は、愛嬢茉莉の談話では、イゾルデのアリアを日常口ずさんでいたというし、永井荷風はパリで見た『タンホイザー』の官能体験がいつまでも残像になった。また明治二三年（1895）に日本最初のクラシック器楽曲「ヴァイオリンソナタ変ホ長調」を作曲した幸田延は幸田露伴の実妹である。

だが泡鳴がせっかくワグナーの楽劇を話題にしながら、ここでその旋律と和音――たとえばその頃から話題になっていた「無限旋律」とか「トリスタン和音」とか！――に触れようとせず、その代わりにもっぱら「歌辞」――歌詞の語句――を問題にしているのも別に不思議ではない。泡鳴は徹頭徹尾「音律」にこだわっているからである。

泡鳴独特の語法は、しばしば読者を困惑させずにはおかないイデオレクト（個人言語）なのであるが、なんとか解読してみよう。泡鳴の目するところ、人間の存在本能は生の一瞬（刹那）ごとに無意志的に生起消滅を繰り返す「破壊的主観すなわち自己の持続（その実体が「悲痛の霊」）なのだが、それ自体は無言で沈黙しているものだから、それが発現されるには何らかの音響（楽音）か言語（文芸）かの力を借りねばならない。それも楽律や詩律というように音律――音響・音声における格律――の形を取る泡鳴は日本の詩歌のリズムをわざわざ「音律」と名づけ（「歌謡のリズムに就て」明治四〇年）、みずから明確に「一定の強弱が一定の時間内に表はれる」ことだと定義している。リズムが第一なのである。

泡鳴は初期の詩人時代にいろいろな律格を試みている。在来の七五調や五七調のリズムは自分の「朦朧」――心熱が昂じると共に要求される独特な曖昧さ・暗示性――にそぐわないと感じた泡鳴は、自作の晦渋にマッチした新詩型を編み出すのに苦心しなければならなかった。六とか八とかの異数の詩体も模索される。

泡鳴が好んだ詩型には六音節四音節を基本としたものが多く、従来伝統的に主流だった七五調や五七調とはかなり色彩を異にしている。これは必ずしも泡鳴の独創とばかりはいえない。というのは、明治初期から二〇年代にかけて、キリスト教の讃美歌が植村正久・奥野昌綱・松山高吉らによって盛んに訳出・刊行・改訳され、最初は七五調・五七調優位だったが、しだいに原歌詞の八音節・六音節の詩型を元にした讃美歌の旋律に合わせていったからである。外国語讃美歌の原詩には十二音節のアレクサンドランを分割して音符に配したものが多かった関係から、六音節四音節の偶数調が多く、従来伝統的に主流だった七五調や五七調とはかなり色彩を異にしている。これは必ずしも泡鳴の独創とばかりはいえない。

たとえば明治二一年(1888)刊の『新撰讃美歌』の内訳では、全二六四篇のうち、八八、八六、六六、六四などの偶数調は一一四篇を占めている。(長畑俊道「国学者松山高吉の日本語聖歌・讃美歌の翻訳と創作」)

この『新撰讃美歌』の改訳は、泡鳴によれば、明治二〇年前後の青年層に「なめらかな口調」をもたらしたのである。それ以前は「よい国あります、大層遠方。信者は栄えてぴイかぴか」とか「エスにお出で、エスにお出で、今エスにお出で」とかの歌詞で大真面目に歌っていたのを改革したのだ。当時教会に出入りしていた青年層は、改訳のなめらかで清新な語調を通じて、たとえば「自由恋愛」のごとき舶来の新思想・新趣味を感得したのである。

この『新体詩史』の著者はもちろん岩野泡鳴なのだが、文中自己を客観化するためにわざわざ三人称で記述し、第三詩集『悲恋悲歌』で「泡鳴は、戦争の当時に於て、戦争の裏面を歌ひ、(中略)無言、罪悪、殺人、姦通、難産、堕胎、地獄と苦悶、すべて世の暗黒な面」を歌つたと概評している。たしかに、泡鳴詩が提示した「世の暗黒面」の題材や「悲愁、懊悩、悔恨、絶望等の感情」は、ちょうど同時代の散文文学で流行していた深刻小説・悲惨小説——たとえば広津柳浪《ひろつりゅうろう》の『変目伝《へんめでん》』『黒蜥蜴《くろとかげ》』明治二八年、『今戸心中』明治二九年など——に呼応した新傾向と見なされた。こうした内容の変化は、ただちに詩型の上でも「自然主義的表象詩」をめざさなければならなかったのである。

三

当初詩人としてデビューした泡鳴は「半獣主義の泡鳴」の名で世に広く知られた。「半獣」という語句は、肉体の存在を肯定してわれと選んだ言葉だったが、世人に俗解されて「僕を以て大酒飲みで、女好きで、どんな悪いことでもやる者で、それが半獣主義と云ふものだと思つてゐたらしい」(「誤解せられた半獣主義の真相」)というありさまになった。そもそも「半」といっているくらいだから、「半獣主義」とはその実「半霊主義」でもあり、その実質は「霊肉合致」思想のうち「肉」の方にアクセントが置かれていたにすぎない。まこと「肉が部分でもなければ、霊が全体でもない。肉と霊とは、(中略)刹那的には全く一つ」あることの真相は、「男女間の恋の関係を最も極度に追行した時、誰れしも最も適切に感得することが出来る事実」(『悲痛の哲理』)に現われるという事実は疑えないから、人間存在は「抱擁は物質を抱くのではない。さりとて、共に霊になつてしまふのでもない」という「肉なる霊」である他はないのである。

僕の国は淡路です。幼少の頃から西洋人に英語を教へて貫つて居つたので、いつとはなしに、耶蘇教信者となつて居つた。実は始めは政治家にならうと思ふて居つたが、何んとなく外面の仕事のよふに思はれて、満足が得られんので、ひそかに耶蘇教の伝道に志して居つたのであります。（「宗教より文芸に」）

こう回想される岩野泡鳴の生い立ちは、同時代の青年層に比べて何も特別飛び抜けた経歴ではなかった。明治初年に多かった立身出世型知識人タイプの一人だったといってよい。最初は政治家志望だったというのもよくある話だし、社会的上昇志向がキリスト教伝道と結び付いたのもしばしば見られたコースである。そうした雰囲気の中でいかにも泡鳴らしいのは、この青年が「外面的」なものになかなかあきたらない気質を持っていたことであろう。言い替えれば「内面」を非常に重視していることである。この「内面」への深甚な、時には過度でさえあるこだわりは、その後もずっと泡鳴の構造を特徴づける、どころかほとんど支配する性癖であったのである。

こうした「内面」への拘泥は、なまじ宗教的な信仰心よりもはるかに強く、その持ち主にもともとの宗教心を棄てさせるくらいであった。同じ「宗教より文芸に」は、泡鳴がやがてキリスト教から離れて行った経緯をこう記している。

明治学院へ這入ることは這入つたが、此頃からぼつ〱、基督教徒の内部の事情を知って、愛想が尽きかけて来た。（中略）宣教師なども無論嫌ひであり、それから牧師伝道師などが、心にもない偽善信仰を振り舞はして居るのを見ると実に厭になつて来る。終には、基督教の教養其の物を段々疑ひを入れるやうになつて来た。

この時ちょうどお誂え向きに、一人の思想家が現れ、泡鳴の精神遍歴に導きの糸を与えることになる明治の青年たちの間に人気のあった「コンコルドの哲人」エマーソンである。人間は神性を宿す自然の一部であるとする自然神学・超越主義・無教会主義を主張する著述の数々は盛んに読まれ、明治の日本でも信奉者は多く、泡鳴などは「エマーソンを聖書のかはりに読んだ」と告白しているくらいだ。

僕は其頃エマーソンの論文を読んで非常に興味を感じたが、終に彼れの汎神論を信じて基督の神論を放棄する様になつた。且つ、我々は人を救ひ、道を伝ふるやうな力のあらうはずがない、先づ自らを救ひ、自らに伝導すべきであると云ふことに気づいて来た。

これが明治二〇年(1887)頃の泡鳴である。こうしたキリスト教熱の衰微は、明治政府の欧化主義政策に対する国民の高まりと歩調を共にしていたともいえるが、ともかくキリスト教からの離脱者を多く生み出した。棄教というほど徹底したものばかりではない。エマーソン流の汎神論も、厳しい一神論を薄めて、人々をより親しみやすい信仰へと誘導するチャンネルになったのである。しかし泡鳴の場合はもっと徹底していて、キリスト教による救済を疑う地点にまで一気に押し進んだ。キリスト教信仰に取って代わって泡鳴の思想の主座に置かれたのは、強烈な自我信仰である。泡鳴自身の命名によれば「極端なる自我主義、刹那主義、霊肉合致主義」である。さらにそれは、同時代の自然主義作家たちが固執したちっぽけな我執と区別するために「新自然主義」と呼ばれた。

普通の自然主義の様に、文芸と人生観とを引き離した、単に文芸の描写の上に於ける自然主義と云ふものと、僕の主義は大に違ふ。僕の新自然主義は之が僕の宗教でもあり、哲学でもあり、又た道徳でも文芸でもあり、霊でも肉でもあるのだ。そして、古事記などに顕はれて居る我国太古の人間は、やはり此霊肉合致情意合体の心熱的生活を送つて居たものと思ふ。

このように宗教的とも思想的とも文学的ともつかぬ、というよりそれらが渾然未分化な状態にあった多感な青春彷徨のさなかの明治二一年(1888)、警醒社から『新撰讃美歌』が世に出た。また同二四年(1891)にはメソヂスト出版舎から『基督教聖歌集』が出た。これら讃美歌歌詞の訳文は教会に出入りした明治の青年たちに、信仰心というよりも、たとえば「自由恋愛」といった言葉と同種の、ハイカラで清新な情緒を感じさせたのである。ミッションスクールに流れる伴奏の西洋音楽も独特の雰囲気を醸し出した。明治学院や東北学院に島崎藤村・馬場孤蝶・戸川秋骨のような文学青年が寄り集まる。泡鳴も初めはそれに伍して讃美歌新訳を手伝ったりしていた。その仕事は何よりも泡鳴に「詩句の諸調子を確める智識」(「我は如何」にして詩人となりしか)を供給したのだ。

明治二〇年代の前半、こうした青春彷徨の一時期は、同時に紛れもなく、旺盛な恋愛遍歴の時代だった。いや、無遠慮に所かまわず頭を擡げてくる肉欲への応対に明け暮れる日々であった。この期間の様子は、泡鳴がなぜか単行本に収録しなかった短編小説類にくわしく書き込まれている。たとえば『青春の頃』(大正七年・1918)にはこんな自伝風な一節がある。文中に「渠」とあるのは、ほとんど岩野泡鳴その人と見て差えないのである。これによると泡鳴の教会通いの動機は、そういつも純全と宗教的だったばかりではないようだ。ちとばかり不純な要素がまじりこんでいるのである。

渠は、家族と共に東京に出るまでに、独りでちょツと大阪の宣教学校に這入ってゐたが、教会の説教や祈祷会や聖書研究会で出逢ふ若い又中年の婦人どもとは、さ

う直接に話をしたこともないけれども何だか親しみのあるように思はれて、不断の心持ちが賑やかであつた。(中略)
教会の大きなのは余りに親しみができさうになく、小さいのにはまた目に立つ娘もゐなかつた。

泡鳴は正直な人間である。自分のキリスト教への接近が入信などといえるものとは程遠く、公然と男女交際のライセンスが与えられる特別地域だと勝手に心得ていた趣がある。だから、せっせと通っても女性との出会いの能率が悪いと、「それが度重なるに従ひ、耶蘇教会などを空しくあさるよりも、手近に自分のいい友達がありさうに思へて来た」とあらぬ方向に話は転じてゆく。一方また聖書研究会に熱心に参加する若い細君にも、なかなかオチャッピイなのがいて、「旧約聖書にある割礼とは何のこと(「畑の細君」大正五年・1916)」などと済ました顔で男子を追及して困らせた、というからどっちもどっちという所か。

四

こんな具合にキリスト教熱が醒めてきた泡鳴は、明治学院で知り合った島崎藤村の詩作にも「下手な讃美歌の作り直し」(「僕の回想」)と皮肉な目を向けるようになる。そして当の夫子が熱中したのは戯曲の創作だった。「鬼の首の様に大事に携へて来た」悲劇『月中刃《つきのやいば》』(一名『吾良《ごろう》』、明治二七年・1894)の執筆である。これぞまさに旧文芸と舶来泰西文学が混在する、明治二〇年代の過渡期にしか生まれることのない珍無類の作品である。主人公の桂五郎は男爵家の後継ぎであるが悪人に父を毒殺されて、今は軍医になっている。犯人は軍医仲間である。桂はそれを知って敵討をしようと思うのだが、確証がないのでなかなか実行できずに悩む。「これを世に訴へたるも、証拠無ければ水のあわ、父のゆゐ言に従がひ、かたき討つはやすいが、殺ろしてまた何んになる?」という科白から一目瞭然であるように明らかに『ハムレット』の焼き直しだ。かと思うと場面と場面を浄瑠璃でつなぎ、拍子木を打ち、舞台を回すなど歌舞伎の手法が随所に取り入れられている。

当人の意気込みは大変高く、この作であわよくは劇作家の仲間入りをしようと自信満々だったが、ところが案に相違して本は三部しか売れず、泡鳴は「三部より売れなかった『ドラマの先生』」と周囲から冷やかされた。しかしこの空振りに終わった満腔の自信はただ泡鳴の功名心から出たとばかりはいえない。泡鳴には自分の創作活動が時代社会の中で占めている位置、自分が動いて来た導線の配置をやや図式的にこう思い描いている。

僕は詩を音楽よりも一等うへの芸術として論証して来たのである。僕にこの考へが段々悪実になるに従つて、僕は有形律から散文詩に移り、散文詩から小説に転ずるやうになつた。だから、僕は内容詩たる散文詩を書くのと同じつもりで小説を書いている。云つて見れば、詩の独吟的なのよりも、小説でオケストラを奏する方が気持ちがいいからである。(「詩界に別れる辞」明治四四年・1911、のち『刹那哲学の建設』第二章第三節「散文詩問題」)

泡鳴がこう書いたのは明治四四年一月、もうすでに自然主義の第一人者と評判されたばかりか、いわゆる泡鳴五部作のうち第一部『放浪』を書き上げ、第二部『断橋』を連載中で押しも押されもせぬ小説家になっていたじきである。自分がそこまでたどってきた行程を振り返って見ており、音楽から小説に至る過程を整理しているわけだが、その際、その各段階で自分が没頭したジャンルに格付けによる不等式の関係でとらえているのが注目される。明らかに

音楽 ＞有形律 ＞散文詩 ＞小説

という不等式で図示できる序列が出来上がっているのである。泡鳴が音楽を出発点に置いたのは、かつてショーペンハウエルから我田引水的に読み取った《宇宙の本質である意志がそのまま直接的に――言語の媒介なしに――表象と化する音楽ほど高貴なものはない》という大前提に立って、これを最上としているからである。

しかし、いったん事が文芸の領域に移ると問題はそれほど容易ではない。泡鳴はいと

も簡単に《詩語＝音響》なる定式を提示しているが、それは泡鳴が「詩語」をただ音律のある言葉と同一視していたからである。しかも泡鳴にとって音律とはもっぱら「長短、高低、強弱、異色の諸音が連続し」「音調の和諧を聴かす」拍律（「新悲劇論」）のことである。「長・高・強」のアクセントをそなえた音節と「短・低・弱」とアクセントのない音節との配合・対比が造り出す特別な諧調を聴き取るのである。とはいえ、拍律はそれに托された感情の緩急・抑揚をいわば定量的に伝えることはできても、いかなる情感かを定性的に表現できない。どうしても音楽の直接的普遍性とは正反対の、言葉の具体的・個別的な語義の助けを借りなくてはならない。逆にいえば、こうした言葉の音楽性・音響性・聴覚性をミニマムに、少くともできるだけ低く見積もった文芸が散文である。泡鳴が詩界に別れを告げ、散文詩からも離れて散文小説に転じたことは、泡鳴が自分の生みの親である音楽との関係を整理することを意味している。

五

大正二年(1913)になるまでには、泡鳴も文学と音楽との関係についての考えを多少改めていたらしい。だがいかにも負けず嫌いの泡鳴らしく、「音楽を宗教その物の如くありがたがる傾向はショーペンハウエルの誤謬に始まると断じ、ニーチェ、ワグナーそれにマラルメまでがその影響を受けて、「詩は音楽よりも深刻に暗示的なる所以を知らなかった」と言い放つ。

音楽は実質を離れた空想しか掴めないのに反して、自然主義的表象を生命とする詩もしくは小説は、空想を分離させないほどに実質を握ることが出来る。音楽の暗示は事物の内容以外のものに向ふのだが、詩もしくは小説の暗示(無論、これのないやうな作は問題にならないのだが)は、事物その物の内容中に在るものを披歴する。この相違を知らないでは困るが、知れば必ず、音楽に盲従するまたしようとし易い表象家や、神秘家は、十分に考へ直す余地がある筈だ。(『表象派の文学運動』「訳者の序」）

さきに「詩界に別れる辞」を公表してからこの大正二年までには三年が経っている。このころには『発展』を書き終え、『憑き物』の一部を発表し、営々と泡鳴五部作の歩を進めている。散文小説の世界にどんどん踏み入っているのである。ここはどうしても今まで音楽以上に「深刻に暗示的な」ものとしてきた詩を散文と区別する何か原理的なものが措定されねばならない場合だ。泡鳴が持ち出すのは「事物その物の内容」「実質」の内在性あるいは外在性である。

泡鳴の論旨は例によって晦渋だが、何とか判読をこころみよう。「事物その物」という言葉を周知のカント哲学概念である《物自体》（ディング・アン・ジッヒ）と読み替えれば、何となく視界が開けるような気がする。それは知覚の対象となる個々の単独・固有のモノや事柄ではなく、直観をもってのみ感知しうる実体であり、たとえば現実の三角形（正三角二等辺三角形か直角三角形か等々の具体的図形）と三角形のイデア（抽象的想念）との関係と同じように、感覚的対象として外在するものと超感覚的に捕捉される内在者の間柄として対立している。

詩の究極は、こうした「事物その物の内容中に在るもの」を暗示的に——説明的に「言い切る」のでなく——直示することにあり、それと違って小説という文芸は人間の現実を形作っているそれこれの個別的・具体的・外在的な事物といわば膝詰めで一々対応してかからなければならない。その双方を一身に引き受けようというのは大変な離れ業である。

六

泡鳴は果敢にもこの難題に応じた。自分が進んで、いやむしろ、驀進しているのは「詩もしくは小説」なるものの王道だという揺るぎのない信念が泡鳴を駆り立てていた。この宇宙にただひたすら存在しようと盲動する本能の意志——これを「生々慾」と呼ぶ——が時々刹々の流転を繰り返す。その一刹那ごとに生ずる苦悶のうちに発される悲痛の声は、決して言い切りの御義明示的ではなく、曖昧で暗示的な音律の言葉になるであろう。

泡鳴が高らかに「僕が一詩を心よく歌へた瞬間は、千万年の惰力的存在よりも、更らに〳〵偉大な筈だ」(「我は如何にして詩人となりしか」)と謳い上げたのは、明治四〇年三月のことである。「瞬間」とはすなわち「刹那」である。自分の生の瞬時瞬告に自我の拡充という衝動を実現することが、繰り返し力説されている「刹那主義」に他ならない。これが泡鳴のいわゆる「自己発展」であり、実生活上の実行と芸術上の実行とは同一である。乱暴な話だが文学も恋愛も戦争も同じことなのだ。

その後明治が大正と改元するまでの五、六年間、泡鳴はこの「刹那的文芸観」の実践躬行しか言えない破天荒な実生活を送る。樺太(サハリン)での蟹の缶詰事業への没入及びその失敗後の北海道放浪と文壇制覇の野望と複数の女性との恋愛である。泡鳴はそのどれにも全力投球であった。「恋愛の極度は抱擁である」(『神秘的半獣主義』)と断じ、みずから「流転の一転機に生じた意志なる表象とが、一時自他の区別を見とめ、宇宙の活動を一つに分離するので、そこだけの欠陥が出来るから、互ひに相満たさうとして、たゞさへ飢渇的な蛇と蛇とが喰ひ合ひを始めるのである」と説明する。そして次の一文などは大正八年(1919)のものであるが、幾多の恋愛体験を嘗めた泡鳴が心底から吐懐する、今やもう血肉化した定式であるといえよう。

尖った尺度は死んだ物に過ぎない。(中略)恋の永久とはその尺度で、内容は却って刹那の充実緊張に在る。そしてそれを体現させようとするのは、決してたわむれでも下等でもない。(「征服被征服」一の巻)

しかしいかに芸術と実生活・文芸と実行が相即一如であるといっても、創作の方法と生活手段は違う。同様に、詩法と小説作法も異なるだろう。初期の泡鳴は事もなげに「詩もしくは小説」などと言ってのけているが、実は双方の世界では仕来りが全然異質である。とはいっても五部作に着手する前の泡鳴は、両者の相違を身に沁みて感じていた様子はない。今試みに次の二つの引用を読み比べてみよう。どちらも明治四三年中の発表である。

何の　為めに、僕、
樺太へ　来たのか　分からない。
蟹の　缶詰、何だ、それが?
酒と　女、これも　何だ?

東京を　去り、友輩に　遠ざかり、
愛婦と　離れ、文学的　努力　を　忘れ、
握り得たのは　金でも　ない。
ただ　僕　自身の力、
　これが　思ふ様に　動いてゐない　夕べには、
　　単調子な　樺太の　海へ、
僕の　身も　腹わたも　投げて　しまひたく　なる。
（「何の為めに僕」『恋の「しやりかうべ」』）

自分は詩歌小説の創作や、思索的発展や、恋愛などと云ふ、比較的に精神的、内面的な事業の実行ばかりで、かの俗衆の所謂事業をその最も表面的、外形的な方面まで成功する見込みがないのだらうか?（中略）

その境に踏み込んだ以上は、せめてそこを一度は充分に蹂躙して見たいものだと、義雄（五部作の主人公、泡鳴の分身）は憤慨するのだ。世界に向つて大貿易を開くのも、一国をまとめてその手中に操縦するのも、自己一身に立て篭つて本能の無飾的な発展を全くするのも、事業ならびに実行としては、決してその大小と高下はない。

『ただ、然し、思ふままに、外面的な実行にも、もツと自己を発展して見たい。』

これが義雄の野心を切実に刺戟する動機である。（『放浪』三十二）

上記二つの文学的メッセージは、詩と散文の形式上の違いこそあれ、根本的に一つのことしか語りかけていない。自己を発展させる意欲である。この「野心」が燃やされる方向は、国事であれ民間事業であれ、はたまた男女の恋愛であれ、すべてひとしく「本能の無飾的な発展」であって、それらにはなんら上下・高低の隔てはない、とされるのである。

『放浪』に始まる五部作（以下『発展』『断橋』『憑き物』『毒薬を飲む女』と続く）は、岩野泡鳴の分身である田村義雄が、樺太に渡って蟹の缶詰めの事業に取り組み、これに失敗して北海道を放浪、東京へ帰るまでの顛末をたどった長編大作なのだが、作中世界を貫徹しているのは、「芸術」「実生活」のどちらに対しても「刹那の心熱」を燃焼させるという一事である。とはいうものの泡鳴の生活の実際において、いちばん手っ取り早く身近であり、日々応対を迫って来るのは「恋愛」だった。男女の性的交渉である。

泡鳴は大正四年(1915)刊の『筧博士の古神道大義』の中で「生々欲は乃ち性欲と一体である」という考えを力説している。神道家で国法学者の筧克彦《かけいかつひこ》の近著に寄せて自身の古神道に関する新発見がいかに持論の新自然主義と合致するかを述べ、さらに幕末の国学者新井守村《あらいもりむら》の『気象考』に触れ、『古事記』の有名な「成り成りて成り足れる物、成りて成り足らぬ物」という表現を「活事実」と評し、「赤裸々な男女陰陽の関係」を歌で表したものとしている。

これを要するに、泡鳴は「天地万物の生々的威力は陽根の気(転じてカミのミともなる)といふ思想」が古神道にも自分の新自然主義にも一筋に貫徹していると確信しているわけだ。「これはわが国の神代から得られる生々、自発、現実、肉霊合致の最も具体的、活動的思想だ」と顕彰されるのである。

五部作の第二部『発展』では、主人公義雄は清水お鳥（モデルは増田しもえ）という新たな愛人を得る。せがまれるままに鎌倉の海岸へ連れて行き、汽船や軍艦が碇泊している沖を眺めるシーンがある。

この二、三年來、渠は人生の素ツ裸な現実にぶつかつてゐて、もとは何となく奥ゆかしさのあつた幻想など云ふものは全く消滅してしまつた生活をしてゐると考へると、やがて四十歳に近い新時代物者の自分が哀れな様に思はれて、せめては若い女の熱い血に触れて、過ぎ去った心の海の洋々たる響きを今一度取り返して見たいのである。（六）

今、不惑の年に達そうとしている義雄が欲求しているのは、かつては自分の「心の海」に洋々と響いていた若き日の潮騒を再びよみがえらせることである。しかし実際に目の前に与えられているのは、「人生の素ツ裸な現実」だ。いやでもそれに直面するしかない。「せめて」若い女の肌に触れたい。というわけで義雄は、妻千代子との不和のさなかに知り合った紀州出身のお鳥――泡鳴語では「愛婦」――と深い関係に陥る。「このふツくりと肥えた色の白い女を、むざ〳〵友人の秋夢に渡してしまふのが急に惜しくなつた」(五)というのが義雄の心理である。前引の海岸の場面がすぐに続く。

でも義男にはそれもけっきょくは幻想でしかないことが自分でもよく分かっている。最初のうち、義男はうぶなお鳥との合歓を詩に作って、「宇宙万物を無にした幼女は鳥ちゃんだ。／影も形もない肉のあツたか味、／之を抱擁する心には底がない。」などと悦に入っていたが、間もなくお鳥が義雄に梅毒をうつされた頃から雲行きが怪しくなり、やがてただウンウン痛がって寝込むのを持て余すだけになる。こうなったらもう腐れ縁だ。「ランプの光に獣性が目覚めて、二つの肉その物の腐爛して行く姿を見詰めてゐる。男の手足に女の存在を知らせるのは、渠がかの女に相分つた毒血のあツたかみである。／このまゝ死んで、腐つて、骨になつたら――／『二つのしやりかうべ！』

第三部『断橋』になると、義雄はお鳥を東京に残して樺太・北海道を流浪するが、また新しい女ができる。札幌の芸者敷島である。次は、遊郭でこの狎妓を他の客と張り合った義雄が隣座敷のドンチャン騒ぎを聞く場面である。

心は渠等と一緒に敷島の部屋にゐて、渠等と一緒に浮れ出してゐたのだらう。渠等の太鼓入りの唄ごゑにつれて、自分も浮れた唄を歌つてゐる。そして、自分が樺太で騒いだ頃、度々親しみのあつた唄などが出ると、床の中にだらけたまま、別々に投げ出された手や足までが、一様に生気づいて来て、「あ、こりゃこりゃ」と、踊り出しさうだ。

それが、義雄には、如何にも悲痛で、悲痛で溜まらない。必らずしも自分の失敗や、不如意や、本気の恋の成就しないことやが、直接の原因ではないと思ふ。渠は現在の内容を最も充実的に握ると云はれる刹那主義の現在主義、生々主義である。

(三)

生涯一貫して「刹那主義の実行哲理家」である泡鳴にとって「刹那」とは「僕等の恋は実に最も悲痛なものである。僕等の霊はよく之を知つて居るので、この一刹那を争つて、胸中の情熱はその神秘的火焰を最も烈しく挙げる」(『悲痛の哲理』)と説明されるように、恋愛という心熱の燃焼が絶頂に達した瞬間である。『断橋』の作中の現在では、義雄は全身全霊をこめて、「あ、こりゃこりゃ」と浮かれている。自分が浮かれていることが「悲痛で、悲痛で溜まらない」のである。この八方破れのステテコ踊が、「自体を食つて自体を養ふ悲痛の相」（「日本古代詩想より近代の表象主義を論ず」）の決して露悪趣味ではない、自己露呈なのだ。

あたかも自分の足を食ってしまう蛸のように、義雄は「悲痛惨憺の自己」をむさぼり食うわけだが、その刹那には——泡鳴の芸術的信念に従うなら——個別的事物以前の普遍的情念を表現する音楽が鳴り響くはずであり、事実作中のこの場面からも高らかに聞こえて来ている。しかしいかにせん、それは「三味、太鼓の音」なのだ。作中には「法界節」——日清・日露両戦役の間に流行——の名が見えているから、さしずめそのたぐいの宴席の俗謡だろう。ショーペンハウエルの音楽哲学で度肝を抜かれている読者はここで拍子抜けする他ない。泡鳴のア、コリャコリャはちょっと格が落ちるような気がしなくもないが、これはこれで明治の音楽風俗史をそれなりに反映している。その泡鳴に明治四四年(1911)に発表した『鶴子』という短編がある。作中には木村笛村なる琴曲家が登場し、自宅に稽古場を作って、坪内逍遥をモデルにしたといわれる杉田博士の音楽同好会の面々に歌舞音曲の練習をさせる。「国風舞踏」と称する珍妙な総稽古が始まる。みんなで『木曽節』を舞うのだ。

たとへば「木曽の御嶽山は夏でも寒い。袷やりたや、足袋添へて」と躍ると、そのあとで皆がトコセ、キナヨ、ドンドンと囃すのです。まア、御覧なさい。洋服姿で踊り出すと、鶴子は鳥渡微笑したが、直ぐまた顔の筋肉を引きしめてしまふ。「キソーノ、オンタケサンワ、ナツデモサムイ。アーワセ、キセタヤ、もう一度繰返して、アーワセ、キセタヤ、タビソヘテ」と、急に左に身をかた向けると同時に、右の足を前から左の方に出す。(四)

参加者には和装あり、洋装ありで和洋折衷の明治風俗そのものだ。特にこの音楽同好会は、人々の職業も列挙され、ちょっとした社会の縮図になっている。

三味線弾きは三味線を持ってあがつて来る。歌ひ手は譜を持つて来る。紳士の踊り手には、博士等を初め、某省の高等官、銀行の頭取、会社の副社長、大商店の顧問、新聞記者などがある。けふは目に立つ細君連、娘連は殆ど来てゐないが、モデル浜野と幹事の夫人との立派な服装が鶴子にはたまらなくなつた。（四）

こういう面々が一斉に声を揃えて「トコセ、キナヨ、ドンドン」と囃すのである。みんなだんだん調子づいてきて、稽古は何十回も繰り返された。こうしてみると、このトコセ、キナヨドンドンや泡鳴五部作のア、コリヤコリヤは、この「刹那主義の実行哲理家」の世界に参入するための符牒のようなものだと思わせる。まるで何かの呪文のようにこのたぐいの泡鳴の「一元描写論」が無視してきた小説空間への通路を確保するのである。

「一元描写」とは、泡鳴自身の定義によれば、「作中に取り扱った世界を、その世界に携わる諸人物の一人から見ていくのである。その一人はその作の主人公だがつまり主人公の内部から見たその世界が、作の材料でもあり内容でもある（「一元描写とは？」）ような小説の書き方である。言い替えれば、主人公から見えない対象——人物も事物も——

が作中に現われることはない。

七

これは決してたんなる小説技法の問題ではない。作中主人公はもちろん「刹那主義の実行哲理家」と同一人物であり、刹那々々に「悲痛」を生きる人間である。「筆などを以つてまどろツこしい論戦をするよりも、寧ろ自分その物を今のまま論敵の前へほうり出した方が手速い証明だと考へる」(『悲痛の哲理』)泡鳴は、自身を五部作の一人称主人公田村義雄に同化して作中で生きる。その際、一人称主人公以外の「その人物の言葉なり、こなしなり、表情なりによつて判断もしくは想像するより仕方ない」(同)作中人物たちは、悲痛も苦悶も心熱も哲理も持たない有象無象なのである。

ところが現実の人間世界は、確乎たる哲理をそなえた「刹那主義の哲理家」だけで出来上がっているものではない。泡鳴の「実行」はその過程でいやでも「人生の素ツ裸な現実」と遭遇せざるを得ない。なるほど「一元描写」はそれらの有象無象たちを潔癖に主観世界から排除はしただろう。しかし、そもそもの視界からそれを消去し去ることはできない。なぜなら「人生の素ッ裸な現実」の大部分は、哲理などお呼びでない・非凡ならざる・張三李四の凡愚ないとなみの累積として日々生起しているからだ。

およそ小説家であるかぎり、人間の生のこうした部位から聞こえてくる真実の呼び声に、耳を傾けない作者はいない。たとえばトーマス・マンはこれを gewönlichkeit（日常性）への誘いと呼んだ。今ここではそれを《リアリズムからの召命》と名付けることにしよう。泡鳴はこの呼び声をしょっちゅう耳にしていた。が、一貫してそれを一元描写の世界から閉め出しているのは、泡鳴に「自分はこういう手合いとは違う」「自分をかかる心熱なきやからと一緒くたにしない」という矜持の念であった。とはいえ、それらの有象無象は、燃焼する主観の内部にではなく、観照される客体の側には雑多だが豊富な姿を顕すだろう。これを見逃す手はないのである。

後年の泡鳴は、自作の一部に「作者が観察し研究する人生の自然に詩として親しく滲み出した」（小説集『猫八』大正五年　序文）作品の系列があることを明言し、それを「有情滑稽物」と分類した。「有情滑稽」とはユーモア（humour）に下した泡鳴の訳語である。『猫八』には全部で九篇が収められているが、各篇の主人公たちはいずれもお人好しで、どこか抜けていて、オッチョコチョイで、猪突猛進する人間だ。中でも傑作というべき「浅間の霊」の今田は、自分には浅間山の神霊の加護があると信じ、排便する度にボチャン、ボチャンとはねる便所の汚水をよける装置の発明に厳粛な気持で没頭する人間である。他の八篇に登場するのもこれと大同小異、いずれも何事かに熱中すると調子が外れ、懸命になればなるほど滑稽感を生ずるような人種ばかりである。

ここで指摘しておきたいのは、泡鳴がこの小説集にまとめ、みずから「有情滑稽物」と命名して独自の新作風を打ち出した大正八年(1919)五月は、この作家の突然の病死(大正九年・一九二〇年の五月)のわずか一年前だということである。降って湧いたような腸チフスへの罹患が途絶させたとはいえ、この年四月二五日に日記が中断するまで、泡鳴の仕事はむしろ脂が乗っていた。「有情滑稽」の発見は泡鳴を新しい小説の世界に踏み出させかけていたのである。そしてそのことは、泡鳴が出発以来一貫して保ってきた「一元描写」とは異なる界域に進み出ることを意味していた。

この系統の人物たちはたいがい多少アタマがあったかく、人間が甘めにできていて、

「悲痛の哲理」を苦痛のうちに追及してやまない強烈な一人称主人公とは違う人に属するが、泡鳴はごく早い時期からこういう種類の人物――馬鹿正直で人にだまされて虎の子の貯金を取られてしまう若者（「鉄公」）、粗野で純朴で人さらいと間違われる男（「山の総兵衛」）、無知ゆえに只働きをさせられる青年（「馬鹿と女」）などと種類はさまざまだ――に関心を持ち、その生態をいくつかの作品で軽妙に掬め取っている。見方によっては、最初の小説集『耽溺』（明治四三年刊）に収められている明治四〇年前後の諸短編「戦話」「結婚」「栄吉」などで脇役・其他大勢風にあしらわれている三人称人物たちはそのハシリだったのかも知れない。

「ぼんち」はうまい(！)としか形容のできないほど巧者な小説だ。場面はまず、ある夏の夜、宝塚温泉のとある料理屋の一間で、主人公の定さんがこうぼやくところから始まる。「ほんまに、頼りない友人や、なア、人の苦しいのもほツたらかしといて、女子にばかり相手になつて」。定さんはズンズン痛む頭を抱えて、友人たちと芸子連のドンチャン騒ぎの傍らでさっきからヤケクソな気持になっている。どうしてこんな仕儀に立ち至ったのか。作者はたくみなカットバックで発端に話を戻す。

その日の夕方、大店のぼんち定さんは、お取巻きの長さん・繁さん・松さんを相手に覚えたての玉突きのゲームをする。負けたら芸者遊びをおごる取り決めだ。もちろん負けた。三人が自分をカモにするのは少し不愉快だったが、定さんは親に内緒で芸者遊びができる嬉しさにワクワクしていた。一同は、大阪の梅田から宝塚に向かう大阪箕面《みのお》電鉄（現阪急宝塚線）の電車に乗り込む。事件はその車中で起きた。大阪の明るい夜空を眺めようと窓から首を出したとたん、ガツン！――定さんは上下のレールの間にある電柱に頭をぶつけたのだ。「電柱と云ふものは、電車軌道の両側に立つてゐるものとばかり思つてゐた」(三)が、そうでない所もあったのである。それにしてもひどい痛みだ。

じツとしてゐると、その痛みに耐え切れなかつた。直ぐそばに立ってゐる真鍮柱にあたまをもたせかけ、ひイやりとする気持ちに痛みを忘れようとして見ても、自分の呼吸が迫って来る。からだをねぢつて顔を窓の枠に押し当てて見ても、いのちが縮こまつて行くやうだ。が今から帰りたいと云ふやうな弱音も男として云ひ出せない気がした。(三)

こうしている間にも定さんの容躰はどんどん悪くなる。「我慢すればするほど、刻一刻に死が迫って来るやうな気がして来た」(四)「脳味噌が早やわたいを死ぬ方へ引ツ込むのんやないか?」(五)と感じるほど深刻な事態なのに、当人はどこまでも人がよく気弱で意志薄弱だ。どうしても定さんの財布にたかろうとする三人に逆らう勇気が出ないのである。またこれら三人のお店者のいじましく、あくどく、がめつい根性がいかに活写されていることか。痛い痛いという定さんの訴えも、松さんの「芸子はん見せたら、直りまツさ」(六)の一言で無視されてしまうのである。

とうとう定さんは痛みに耐えられなくなり、われを忘れて「医者を呼んで呉れ! 医者を呼んで呉れ!」(十二)と泣き叫ぶ。一同は酔いが醒め、あわてて医者を呼ぶが、「『もう、手遅れやさかい』と独り言のやうに云つて、顔を青ざめて病人の寝かされてゐる小部屋を出て行つた」(同)とあるようにすぐ見放される。瀕死の定さんはウンウン唸りながら、うつらうつらと切れ切れになる意識で、「『死にともない』ばかりの痛みと後悔とにもだえて、おのれの愚かであつたことを責め」(同)る。その間も定さんの心の耳には

「馬鹿だ、なア」という東京弁の嘲りの声が消えやらないのである。

一篇の結末で、作者は定さんをまだ生きたまま放り出す。たぶん、もう長くはないだろう。何しろ「あたまの鉢が砕けて」、「脳味噌が外に出てる」状態なのだから。

つまるところ「ぼんち」は、一人のお人好しの馬鹿の物語である。これほど馬鹿らしい死に方をする人間は又とあるまい。命取りになった頭の痛み――脳挫傷だった――をギリギリまで我慢して周囲のみみっちく、さもしい人間たちにサービスする。その姿が冷嘲も感傷もまじえず突き放されている。これを「馬鹿の物語」といったが、この作では作者の主観が主人公を馬鹿扱いするのではなく、出来事がすべて馬鹿の主観から描かれているからである。

「主観はどうしても客観に伴ふ。否、初めから主観と客観と融合してゐる方が表象力も強く且特色もよく発輝される。(中略)その主観を有する人物を具体化すれば、充分な描写は成立する」(「描写再論」)と論じられたのは、つとに明治四五年(1912)二月、まさにこの作家が泡鳴五部作を書き進めている最中である。つまり一人称作家の「破壊的主観」による「一元描写」が主張されたさなかである。この間、客観描写は決して無視されていたのではない。主観の持ち主を「具体化」することで実現されるのだ。今「ぼんち」の場合でいえば、作中のすべての人物・事物は、「馬鹿だ」といわれるくらい独自な定さんの主観のフィルターを通じて、定さんの知能・好人物性の度合でうまく調整されている。泡鳴は定さんの主観的視界を介して客観世界を再現したのだ。

最後に、初めに紹介した大杉栄の「泡鳴は偉大なる馬鹿である」という評語を噛みしめてみよう。この思想家はもしかしたら、五部作ででも「ぼんち」ででも、作中で八方破れの馬鹿になりきることのできる泡鳴に何かただならぬ才能を直感し、凡俗の目には馬鹿丸出しに見えるこの何かが、この作家にあの《リアリズムからの召命》をもたらすと予感していたのではないだろうか。

わが名を呼ぶ声
——岡本かの子

一

昭和一四年(1939)に五一歳で急逝した岡本かの子の遺稿であり、河盛好蔵によって「岡本文学の粋」とまで評された小説『雛妓《すうぎ》』の末尾近くに、この作品に登場する一雛妓と作中の「わたくし」とがたがいに相手の名前を呼び交わす印象的な場面がある。二人とも名前は「かの子」である。

「奥さまのかの子さーん」

Voice Calling My Name; Kanoko Okamoto

わたくしも何だか懐かしく呼んだ。

「お雛妓さんのかの子さーん」

松影に影は距てられながらもまた、

「奥さまのかの子さーん」

「お雛妓さんのかの子さーん」

つひに、

「かの子さーん」

「かの子さーん」

わたくしは嘗て自分の名を他人にして呼んだ経験はない。いま呼んでみて、それは思ひの外なつかしいものである。身のうちが竦《すく》むやうな恥かしさと同時に、何だか自分の中に今まで隠れてゐた本性のやうなものが呼び出されさうな根強い作用がある。

二人の「かの子」の声は、作中で美しいデュエットのように唱和している。これは二つながら大気を振動させる物理的な音波である。この作中世界では「奥さまのかの子」に呼びかける声は三人称の登場人物の声であり、素性ははっきりしている。呼びかけられているのが自分であることは疑いない。しかしそれに呼応して、「お雛妓さんのかの子さーん」と呼び返す声の性質には、考えてみなければならぬ多少厄介な問題がある。

作中の「自分」は呼ばれて初めて、あ、そんなものがあったのか、と気付かされるような隠れた本性、いわば《自分という何者か》とでもいうべき初対面の自己自身が存在することに驚いたと言っているのだから、今「かの子さーん」と呼ばれ、また自分の方でも「かの子さーん」と呼ぶ声を「わたくし」が聞いているのは間違いない。つまりこの声は聴覚現象として疑いなく実在するのである。

石川淳は『岡本かの子』(1949)という短いエッセイの中で、「作者はこの条を書きながら、自分で声を出して、『奥さまのかの子さーん』『お雛妓さんのかの子さーん』と呼んでみたのではなからうか」と推定している。石川淳にはそう聞こえたのである。岡本かの子の肉声が聞こえるわけはないから、そのように想像したのである。だからいう。「すくなくとも心ではそう呼んだにちがひあるまい」と。

この「声」は、肉声だったのか、それともただ想像上の声にすぎなかったのか。

小説の空間には複数のさまざまな声が行き交い、交錯し、錯綜する。ソロもあれば、多重唱もあり、多声対位法的なものもある。発声者にしても作者・作中人物・語り手(話者)などのいろいろな場合もある。「私」の一人称のこともあるし、人間の声をいっさい殺したいわゆる客観描写もある。小説の中の声がどこから響いて来るかは、われわれにとって意外に大切な問題を含んでいるのである。

二

ジュリアン・ジェインズという心理学者のいうところでは、古代ギリシャで『イーリアス』が作られた紀元前一〇〇〇年頃には、人間の心はまだ「命令を下す『神』と呼ばれる部分」と、それに従う『人間』と呼ばれる部分に二分されていた(『神々の沈黙』)そうだ。つまりbicameral mind(「二つ部屋のある心」)だったのであり、それに応じて脳も実質的に二つに分かれ、両半球は「前回連」という細い橋でわずかにつながっていた。ふつうの右利き社会では言語処理は左脳でなされ、発話もここで産出されたが、指令する右脳が通常の判断力キャパシティを越えたストレスに曝され、習慣的な反応では対処しきれない選択に直面すると、右脳に潜在している遺物的な機能が緊急に発動され、信号が前回連から左脳へ送られ、言語メッセージとして鳴り響く。幻聴である。しかし当時の人には自己認識が欠如していたため、それは人間の言語としては意識されず、「神の声」として知覚されたというのだ。

この学説は、よくいえば独創的な閃きがあって啓発性に富むが、反面そのかなりの突飛さで「現代の多くの科学者がうろたえてしまう」（チャールズ・ファニーハフ『おしゃべりな脳の研究』）ようなところもある。が、とにかく至ってユニークな仮説の提出であり、われわれに新たな視界が開けさせることはたしかである。ファニーハフが「数々の欠点があるとはいえ、ジェインズの分析は、はるか昔から伝えられる内言と聴声の報告をどう理解すべきか、真剣に考えさせてくれる」という言葉は公平な評語であろう。

世の中には「考える」ことと「喋ること」とがほぼ同義語だという人がいる。井上《いのうえ》光晴《みつはる》の小説には頭に浮かぶことをすべて口に出すお婆さんが出て来るし、筆者《わたし》の近辺にも考えていることが何でもすぐ言葉になるので、周囲に全部分かってしまう愛すべきヘルパーさんがいる。一昔前までは電車に乗ると、新聞や雑誌の記事をブツブツ唇を動かして読んでいるオジサンをよく見かけたものだ。文章を一度耳から聞かないことには意味が頭に入らないらしいのである。ことほどさように「考える」と「喋る」との間には切っても切れない深い関係がある。というより、「考える」ことと「喋る」こととは何か同一のプロセスの発現の仕方が違うだけではなかろうか。

自分が喋り、自分が聞く。考えていると、誰かと話をしているような気がして来る。自分自身に問いかけ、自分で答える。発話する思考に耳を傾ける。それに対して肯定したり、否定したりの受け答えをする。そのやりとりを経て思考の内容が理解される。これはすなわち、「自己」の異なる部分——命名するなら、たとえば自己(ego, self)と他己(alter ego, another self)——同士の対話に他ならない。すでにプラトンの対話編は記している:「私が言っているのは、あらゆること考える際、魂が自分自身と行う会話のことである。私は、自分でもほとんど理解できないことについて話している。しかし、私は考えているとき、まさしくしゃべっているように私には思えるのである」(『テアイテトス』)。

この二つの自己同士の対話は、現代社会でも「セルフトーク」のかたちでなされている。スポーツ選手によくあるのだが、頭の中でコーチの叱咤の声が録音テープのように再現されるのが脳内で聞こえるそうだ。言語学者ヴィゴツキーのいわゆる「内言」――音声を伴わない言語という概念に近い。これと対比されるのが音声を伴う「外言」だ。声は人間の外部から発されて来るのである。またジェインズによれば、「労働者階級の人であれ、知識階級の中のぼんくらであれ、大勢の人が自分としゃべる癖、聞こえる独語を続ける癖をもっている」と書いた心理学者ピアジェは、「自分自身としゃべることは文明人のすることではない」と大真面目に思い込んでいたらしい。

声とは人間の声帯の振動、空気を伝わる波動、音波であるから一つの物理現象だ。声を聞くとは人間の鼓膜が空気の振動を感受することだから、これもけっきょくは物理的なプロセスだ。音声を伴わないとされる「内言」は本来物理的実在ではあり得ないはずである。それなのに多くの人間の体験に照らして、実際に存在する。非物理的に実在していると認める他はない。しかも実にさまざま多様な様態で現われるのである。

ジェインズはそれらを「耳に聞こえる思考」「音のしない声」「意味の幻聴」などといろいろに呼び分けている。その中には「しゃべらない声」という形容矛盾でしかないが、脳内に常在して人にトラウマをもたらすものもあるのだ。

今この現象をひっくるめて「聴声体験」と名づけよう。そしてその諸様態をただ羅列的に並置するのでなく、何らかの客観的な基準にもとづいて分類することにしよう。

古来もっとも有名な聴声の実例はジャンヌダルクの場合だ。一四九二年頃のこと、わずか一九歳の少女が「オルレアンの包囲を解け」という天の声を聞き、イギリス軍に戦勝してフランスを危難から救い、その後宗教裁判で火刑に処された歴史は誰でも知っている物語である。しかしこの時ジャンヌの耳に響いたのが「神の声」だったかどうかには後世異議が唱えられている。声が聞こえたのが嘘だというのではない。ジャンヌの幻聴の元を信心深さと一体の神秘体験から切り離し、どこまでも精神医学的に考えて統合失調症の一症例と見る説までが提出されているのである。

このように聴声体験の一方の極には、精神疾患と診断された人々にのみ聞こえる侵入的な声がある。これが世にいう霊感の実体であっても不思議はない。またそれと反対の極には、多くの作家たちがその創作回顧談(中には作り話もあろう)で語るように、登場人物の声が「聞こえた」という決まり文句がある。その大部分は物の譬えであり、諸々の聴声体験は、この両極――症候的幻聴から擬人的な比喩まで――の幅の間にスペクトル状の帯をなして連続的に広がるのである。さらに反対極の外側には空耳だの歌詞のないメロディだのたんなるノイズだのといった非音声的な音響領域（仕舞いには耳鳴り同然）につながっている。が、これはもう聴声体験の範囲ではない。

とはいえ歴史や文学作品に語り伝えられるどんな「神の声」「天の声」にも、聴取当事者以外の第三者の耳に聞こえたという記録はない（誰も傍で聞いていない）のだから、この聴声はどこまでも聴者の脳内でなされたという他はない。よしんば当事者の脳波は活動するにしても音波（空気の波動）は生じていないのである。にも拘わらず、この「声」は現に人を動かしているのだから、そこにはどうしても非物理的な実在があり、かつ作用していると断ぜざるを得ない。

三

さて、『雛妓』の世界に響く岡本かの子の声はいったいどこの部位から聞こえて来るのだろうか。声がいろいろな形で聞こえるのはもちろん初めてではない。しかしこれまでの作品には、作者が直接顔を出して発声した例はないと思う。この場面では声が会話文としてカギカッコで前後をくくられ、「お雛妓さんのかの子さーん」という語句がナマの言であることが明示されている。

岡本かの子が小説作家として名乗りを上げ、次々と作品を発表し始めるのは、昭和一一年(1936)、処女作『鶴は病みき』を書いて世間の話題になり、文壇にデビューして以来のことである。作者が四八歳の年であった。それ以前の岡本かの子はもっぱら短歌作者ならびに大乗仏教研究家として知られており、この年、「歌と小説と宗教と、一人で三つもやつて、それに負けるものかと自分でも疑ふときがある」(「歌と小説と宗教と」)と書いているほどだ。

特に情念のほとばしるままに後から後から多産に詠まれる和歌は評判が高く、晩年の与謝野晶子と伯仲するほどの令名を馳せていた。事実、大正元年(1912)二四歳の処女歌集『かろきねたみ』を最初に、大正七年(1918)三〇歳で第二歌集『愛のなやみ』、大正一四年(1925)三七歳で第三歌集『浴身』、そして昭和四年(1929)四一歳で『わが最終歌集』

と、かの子が一生の間に世に出した歌集は全部で四冊に上り、現在全集に収録されている和歌の総数は四〇六五首である。

和歌中心の時代、かの子の心を支配していた感情を今「短歌的抒情」と名付けよう。この「短歌的抒情」はいつも基本的に一人称の個我によってなされる。抒情というものが習性的にそうなのではあるが、岡本かの子にあっては、その一人称が何か特別な価値を付与されているような気配なのだ。

まず、処女歌集『かろきねたみ』及びその拾遺から、「われ」「おのれ」「みづから」などの一人称代名詞やそれ相当の字句が現われる作をいくつか抜き出してみよう。括弧の中は集中の小段落に付けられた小標題である。

血の色の爪に浮くまで押へたる我が三味線の意地強き音　（女なればや）

我が髪の元結ひもやゝゆるむらむ温き湯に身をひたすとき　（女なればや）

をとなしく病後のわれのもつれがみときし男のしのばるゝ秋　（かろきねたみ）

山に来て二十日経ぬれどあたたかく我をば抱く一樹だになし　（旧作のうちより）

われめぐり物ことごとく死にてあり心冷えたる夕に見れば　（新詩社詠草二）
おもふこといふよろこびも我はなし唇とぢぬ紅はさせども　（新詩社詠草五）
憎しみの世のむちうちに先だちて我ほろびなむ心焼く火に　（新詩社詠草五）
真黒なる壁のなかよりまぼろしの我が病むすがたよろぼひきたる（新詩社詠草五）
我さへも時におのれをうとましと思ふをなどてきみをとがめん　（「スバル」歌）

以上九首のうち四首目から後の五首、とりわけ「新詩社」（『明星』の発行元）および「スバル」と発表誌を明記した歌群は、あからさまにこの作者の初々しさ・怖い物知らず・まだ青臭さの残る甘い芳香といった若書きの特徴を示している。要するに、『明星』調、与謝野晶子ばりに女性の感覚性を大胆に押し出す作風が目立つ。この時期西欧輸入のロマン主義思潮に養われた「女性崇拝」の波にも抜け目なく乗ってもいる。明治の清新な《自己主張》が肉体の官能性に裏打ちされてなされているのである。

こうした歌風の作品群のうちでひときわ光っているのが、「旧作のうちより」にまとめられている「山に来て」の一首だろう。歌中の「我」はひたすら待っている。十日も二十日もの長い日数をただひたすら待っている。「我」は何を待っているのだろうか。「我」を「あたたかく抱く一樹」である。この「樹」が暗喩するものは何か。男性だろうか。そうだとしてもそれは決して特定の男ではあるまい。いや、よしんばそうであるにもせよ、「我をあたたかく抱く」べき男は特定個人であることを超えた存在でなくてはならない。不特定多数とは言わない。しかし訪れを待ち受けている相手は、どこの誰と名指しできず、したがって固有名を特定もできない、いわば不定愁訴的な人恋しさの対象なのである。これはもう岡本かの子に生来的・先天的に備わっていて今表面に現れ、これからも一生の間、くりかえし間歇的に襲ってくる一種形而上的な男ひでりの最初の、しかし洞見的な発露だったといえる。

〽山に来て二十日経ぬれどあたたかく我をば抱く一樹だになし(傍線引用者)、と「一樹だに」ないのである。若い身空で「なし」ときっぱり断言する語気には、諦観を突き抜けて絶望というに近い響きがある。歌人の塚本邦雄は「もの書き読む」と題する短い岡本かの子論の中でこう言っている。

歌集四千余首に及ぶ多力の歌人を、素人などと呼べば罰が当らう。だが懼れを知らぬ素人なればこそ、短歌作品ならぬ詠草を、一切合財網羅した、天衣無縫、破格無類の歌集が、堂々と公表できたのだらう。忌憚なく言ふなら、私は彼女の歌を通読する度に、あの名作、『母子叙情』『金魚繚乱』『河明り』、さては『女体開顕』『生々流転』を創りおほせた天才が、何故にかくも常凡で退屈な和歌を、飽きもせずに量産したのだらうとわが目を疑ふ。散文作家の手すさびや余技にしては念が入り過ぎている。かつまた、彼女の小説の褻《け》の部分、水面下の俗の部分が、一種凄じい力を伴つて噴き出してゐるのも事実である。

かなり歯に衣着せぬ論評であるが、だいたい当たっている。たしかにかの子の歌には、みずからの情欲をあからさまに、臆面もなく、なりふり構わず表出するところがある。それは女になりかけの少女が、成熟してゆく女体を意識することなく自分の肉身をさらけ出すようなところがある。

たとえば与謝野晶子が〽柔肌の熱き血潮に触れもせで…、と歌うとき、そこには多分に確信犯的な、実際に男の手を取って肌身に触れさせる行為を伴う趣がある。かの子の場合は違う。もっと無雑作なのだ。男に関心がないのではない。ないどころか、後に夫岡本一平に他の男たちとの「一妻多夫《ポリアンドリー》」を認めさせたことからのわかるように、男を求める欲念は旺盛だったに違いない。ただ男に求めたのは、すべて凡常の男・生身の男・人間の男として生まれた男どもにはてんから成就不可能な力能だった。それは呼応不能の課問、永遠に実現不可能な高望みなのである。「一樹だになし」という語句は悲しいまでに自己予言的だった。

四

第二歌集『愛のなやみ』(1918)に収められた多くの作品は、タイトルが示すように、かの子が夫岡本一平との暮らしのうちに起こり、また起こした情愛の葛藤から生まれた詠草の数々である。堀切重雄との恋愛事件も生じた。この歌集から特に、かの子が正面からおのれの「我」と向き合っている作を十首ばかり拾い出してみる。この時期は、かの子が「大曼《だいまん》の行――魔の時代」と呼ぶ危機の季節である。「大曼の行」とは「大満の行」、天台仏法で千日回峰行より厳しいとされる伝説的な難行苦行だ。かの子は神経衰弱に陥り、精神病院に入院するなどの日々を送り、一平もカッポレ（一世を風靡した俗謡・大道芸）修行のために豊年齋梅坊主に弟子入りするなど破天荒な歳月であった。そのような時節にあって岡本かの子は、どのような「声」を耳にしていたのだろうか。いったいこの御しがたい「我」はどんな顔をして現れて来るであろうか。

君は今聞き分けもなくむづかれる我を背にして海を見入れり（上、化粧疲れ）
わがねたみあまりあくどくまつわりて君病む身とはなりたまひしか（上、黄水仙）
逢ひたやと泣く涙みな毒としもなりて我眼のいたみ続くか（上、眼を病みて）
朝桜また泣きはれし瞳をあげてこのあかつきも我あふぎけり（上、春愁）
いかばかり君を思はば我をのみおもふ君とはなりたまふらん（下、君が性）
しみじみとおのれ可愛ゆくなりにけりかばかり君を思ふおのれか（下、かゝるゐにし）
・・
かの子よ汝が枇杷の実のごと明るき瞳このごろやせて何かなげける（下、なげき）

かの子かの子はや泣きやめて淋しげに添ひ臥す雛に子守歌せよ(下、なげき)
かくてもなほ女の我の足下に縋る男かあはれゆるさん(拾遺、気色ばむの時)
悪夢など襲ふひまなくわがこころ君恋しさに満たさしめたまへ(拾遺、なげき)

この歌集の上巻と下巻をへだてる二年間はかの子の病気療養の期間であり、生活上も精神的にもまことに多事多難な時期であった。宗教的な救いを求めて麹町《こうじまち》一番町教会の植村正久《うえむらまさひさ》に接近したり、仏教各宗の教理研究に没頭したりしているさなかに、大正七年、愛弟喜七の自殺に遭遇するのである。かの子を病臥させるほどのショックだった。

そんな危機的な精神状態の中で生来本然の性《さが》をつらぬくには、人々をたじろがせるほど強靭な個我を際立たせなければならない。かの子が「聞き分けなく」「あくどく」振舞う日常は、周囲から「わがまま」の誹りを浴びせられるのを物ともせず、持ち前の自己本位主義を通した。それはもう通常のエゴイズムの範囲にとどまらず、肉体的エゴティズムの域に達していた。かの子にとって、自分の「眼のいたみ」はもはや単なるわが身の痛みではない。それは《世界苦》が乗り移ったものなのだ。ゆっくり身体中にまわる毒のように涙は眼に沁みてゆく。同様に、泣き疲れて腫れた眼でふり仰げば、朝日を浴びた桜はまばゆく美しく映えるだろう。

しかもこの無邪気なエゴティズムは、びくとも揺るがぬ堅固なナルシシズムに内側から支えられていた。この自己愛は水仙花のように俯いて咲くのではなく、いわばヒマワリのように向日的だった。〽いかばかり君を思はば、と歌われた「君」は、岡本一平とも堀切重雄とも取れるが――そのどちらでもよい――、歌意の要はかの子の愛の強さで必ずや自分かの子だけに目を向けるようにしてみせようという自信に満ちたオプティミズムにある。

下巻になるとこのエゴティズムはいよいよ勢いがつのり、ほとんど臆面もないという外見になる。自分を愛する男を足下に這いつくばらせ、そんな彼を「ゆるす」ことができる女の力能を身に感ずる愉悦。かの子はそんな風にまで男を「思ふ」ことのできる「おのれ」が「可愛ゆく」てならないのである。しかしいつでも情念をその水位に保つには相当なエネルギーが必要だ。悪夢などに襲われている暇がないほど、心はいつも張りつめ、「君恋しさ」に満たされていなければならない。

常時気を張りつめている緊張の持続はひどく疲れるものである。緊張の極に置かれたかの子自身にいたわりの気持をこめて話しかける自己の分身がいて、時には「かの子かの子」と呼びかけもする。この時、かの子の個我は客観化・三人称化しているとはとてもいえない。分身同士が親密な二人称で呼び交わしあっているのである。ここに見られるのは自己充足したナルシシズムの二重唱だ。「かの子かの子はや泣きやめて淋しげに添ひ臥す雛に子守歌せよ、と呼びかけ、かつ呼びかけられる一対の分身は、究極の所で、自分に「添ひ臥し」をせがんでくる男性の原質的なひよわさ――いわば永遠に小児的なるもの――に感応する、これも永遠の母性的ナルシシズムの権化なのである。

第三歌集『浴身』(大正一四年1925刊)のタイトルには、それまでの「魔の時代」を脱却したかの子が到達した平穏な境地の中で編まれたものであり、挿絵にも帙《ちつ》入り・桃色絹裏張の装幀にも自作の「桜」をアレンジした豪華本であることが示しているように、かなり高揚した心理状態が反映されていることは、かの子自身が後年、「この時代は私の健康状態も漸く肥盛になり生命力が盛り上がつて来た時代である。正に私の歌のフォービスム時代(野獣時代)である」(改造社版『現代短歌全集17』解説)と書いている通りだろう。

「浴身」というタイトルには、期せずして、かの子が意識している面と自覚できない事柄の「双方に跨がるダブルミーニング」が蔵されている。自覚面にあるのは、この時期かの子が没頭していた仏教教理につながる「斎戒沐浴」だ。もしかしたら仏身の三位態――「法身・報身・応身」――になぞらえた言葉かもしれない。そして自覚できなかったのはもちろん自分の「肉身」が他人の目にどう見えているかであった。たとえば最初の歌群「静物篇」にある〽ほのぼのと湯浸《ゆづ》きぬくもるわがからだ林檎ひとつを持ち耐えかねつ、の一首には自身の可憐な肉感性を誇示するナルシシズムが見え見えだが、そう歌い上げて陶然としているかの子は、意地悪な傍目にはこう見えていたが、当人は恬然と無関心であった。

　短い髪の毛が太った顔を一層丸く見せ縮緬で縫った鞠のように肩も盛り上りくゝれて見えた。きめの荒い艶のない皮膚に濃く白粉を塗り、異様に大きくみひらいた眼が未開な情熱を湛へて驚きつづけてゐるやうにまじろがない。（円地文子「かの子変相」）

しかし何といっても、『浴身』の圧巻は引用の前半五首を占めている「桜」連作の歌群だろう。かの子は自分を桜花に擬しているだけではない。わが身を桜樹の化体と感じ、肉体の栄枯をほとんど植物神経の鋭敏さで感受するのだ。自己の個体のみならず、その感受する触手は家系の樹形図をたどって、何代も前の伝説の美女に自己を投影する。

しんしんと桜花ふかき奥にいつぽんの道とほりたりわれひとり行く(桜)
桜ばないのち一ぱいに咲くからに生命をかけてわが眺めたり(桜)
わが家の遠つ世にひとり美しき娘ありしといふ雨夜夜桜(桜)
狂人のわれが見にける十年まへのわれが見にける狂院のさくら(桜)

岡本かの子の辞書にあっては「桜花」は自己の女の性《さが》の、生命力の、官能性の同義語である。多情・淫奔・淫乱の、でもある。華やかな自己中心主義の代名詞でさえある。そうした情感をあけっぴろげに表出するには、かの子はもはや花の隠喩までは必要としない。「淫らなる我」「真裸」を遠慮なく露出されるに至るであろう。

おほきなる波を抱きてふとばかりみだらなるわれとなりにけるかな(玲炎)
みだらなるわが真裸にしみとほりありがたきかも真陽のしたたり(玲炎)
生きの身の命の前におろかなる誓ひかわれの人に触れざる(幾とせ禁断にこもりつつ疑ひを生ず)
我ままな女こもりて我ままに延びゆく草を見て居り(蔓草)
われ死なばもろ共に死ねよ咲く花よかがやける陽よ夫よわが子よ(無常迅速)

そして『浴身』拾遺の最後の一行には、あたかも全巻の反歌のごとく、次の締め括りの一首が掲げられる。

わがために花をかかげてさく桜ひと樹だにありや日の本の春(拾遺、桜)

このような自信たっぷりの歌人の作を批評するには評者自身がかなりの力量を持っていなければならない。作歌上の技巧やカラクリを知り尽くしている必要があるのだ。みずから斯道の手練れである塚本邦雄の「もの書き沈む」は、先の引用に続いて、遠慮なく最盛期のかの子の歌業を辛辣なまでに批評し去る。その語調は時に読者をハラハラさせるくらい小気味のよい論評だ。

短歌の中へ、彼女の「私」は素顔で、ためらひも含羞もなく登場する。初期には『明星』末流、晶子亜流の手練手管で捏ね上げた歌で、自己韜晦を試み、後年も時に応じては存分に創作意識を働かせてゐる彼女も、つひに短歌はありのすさびの自己告白の器以上ではなかった。高きは述志の歌、低きは寝言、繰言の羅列、ともかく口をついて生る思ひは細大洩らさず歌にして書き止め、推敲の淘汰のなどといふ配慮は毫も見られない。歌ひつ放し生み放し、仮名遣ひや文字遣ひの軽率な誤用の多さは、――咎め立てする方が野暮といふものであらう。

と非常に手厳しい言葉を連ねているが、「もし読人不知だつたら決して通用せぬ歌、岡本かの子の『私』を十二分に語り、かつ相当な情状酌量の上でしか受け取り得ぬ歌にも、虚心に順応するやうになる」と、心の底では、この歌人の魅力に一目置いていることを隠さない。それどころか桜連作中の何首かには、「聖性と妖気をこもごもに孕んでしかも気高い」と手放しで讃歎している。

さて、いよいよ『わが最終歌集』(昭和四年1929刊)である。昭和四年(1929)一二月、夫一平・愛息太郎と共に一家揃ってフランスへ渡航する直前、かの子は「歌神に白《もう》す」と題する文章で自分なりの《歌のわかれ》を宣言し、これまでの和歌中心の文学活動から離れて新しい道に進み出る決意を次のように述べている。

(歌神は)歌によつてわたくしの中に歌の生るる源を見出させようとなされた。私は遅くして今日漸くその源を見出した。驚かれることには発見したその源は四通八達なる生命の十字路上に噴泉して居た。それは生命の奔流するままに西へも東へも

――わたくしは共に流るるに忙しくなつた。流るる形式を編むに忙しくなつた。

長い間、自分に歌の数々を生み出させてきた源は、かの子の生命の流れの源泉であり、今やそこから発出してくる流れに新しい形式を与えなければならない。その新しい形式が散文小説であった。かの子は、この歌集を記念に贈られたライバルの今井邦子から「なぜ歌をお捨てになるの？」と問われ、黙って微笑みながらこんな一首を詠んだといわれる。（岩崎呉夫『岡本かの子伝』）

ふたたびはわが逢はざらん今日の陽《ひ》をまなこつぶらにながめけるかも

しかし、この『わが最終歌集』はかの子の意に反してあまり高い世評を得られなかった。なぜか。岩崎呉夫は二つの要因を挙げる。第一に「量質ともに詰めこみの整理不足」、第二に「大正新脩大蔵経讃歌《しんしゅうだいぞうきょう》」「散華抄《さんげしょう》を褒め賜ふ人々に」などと題する歌群をはじめ、全編にわたって仏教カラーが浸透していること。だがかの子が拳々服膺《けんけんふくよう》し、歌にも詠み込んでいる「仏理」たるや、かなり自己流に主観的色彩の強いもので、「煩悩即菩提」を通り越して《官能即菩提》の趣がある。

うつし世を夢幻《ゆめまぼろし》とおもへども百合あかあかと咲きにけるかな(夢幻即実在)

さくらばな花体を解きて人のふむこまかき砂利に交りけるかも(花体開顕)

「花体」という熟語はない。かの子の造語であろうが、言いたいことは分かる。花のような女体、あるいは花に開顕した肉体である。「花体を解きて」とは花が散り、花びらがバラバラになって土砂に入り交じるという意味であろう。女身の、もしかしたら裸身の菩薩が衆生に立ち交じるのかもしれない。現にこんな露骨な一首もあるくらいだ。

おんまへに坐る久しくすでにして身に被《かづ》くもの何もなきごと(参禅の歌)

五

岡本かの子が和歌から小説に進む転機になり、作家として文壇デビューさせた記念碑的な作品が、芥川龍之介を主人公にした一篇『鶴は病みき』であったことはよく知られている。

この小説が当時新興の文芸雑誌『文学界』に掲載されたのは昭和一一年(1936)六月であったが、七年前に伝説的な自殺を遂げた末期生涯の芥川を「へたへたと禿げ上つた額」で子供に「お化け」と間違われるような姿にリアルに描き出す一方、結末で、もし自分が生前に逢っていたら「氏の生死の時期や方向にも何等かの異動や変化が無かつたかも期し難い」と妙に母性愛的な感情を付け加えたのが、「鼻持ちならないうぬぼれ」(瀬戸内晴美『かの子繚乱』)と批判されもした。

いろいろ褒貶はあろうとも、ともかく散文作品として声価の高かったこの小説は、しかしその構想の始発点に短歌という韻文を蔵している。『わが最終歌集』には「男子題といふにて――詠めと乞はれ」との小標題のもとに、山上憶良・大津皇子・源実朝・日本武尊・大国主命・芥川龍之介・武者小路実篤・谷崎潤一郎・斎藤茂吉・岡本一平の十人を歌材にした十五首の連作があるが、この奇矯な取り合わせのうちにはかの子の男性観が透けて見える。男とは、みな強がりで見栄を張ったり、理知的ぶったり、やたらにツッパルが、究極において「かわゆい」庇護すべき生き物なのである。特に芥川龍之介には「偉れたる文人なりしが昭和二年七月の或る日自殺してけり」詞書して、〽知慧の実を喰ぶるなべに痩せ痩せてかそけきいのち自がつひに絶つ、と哀傷の一首を贈っている。

『鶴は病みき』執筆前後の心事についてかの子自身は後に「単に私が遇つてゐればではなくて、あの人に『仏教哲学を話さして頂いてゐたならば』の意味であるのを遠慮深くあのやうに書いてしまつた」(『文芸』昭和三二年四月号)と述懐している。かの子は仏教哲学に、というより、自分が仏教哲学を説くことによってもしかしたら芥川を自殺させなかったかもしれないと、無邪気に自信たっぷりの口吻である。周囲から「自負過多症」とそしられ、村松梢風に「仏教哲学などで済度される芥川ではない」(『近代作家論』)といわれたのももっともだ。

かの子の「仏教哲学」が、たとえよく言ってその独創的な解釈、主観的的色彩の濃厚な教説、ありていに言って我田引水的でドグマティックな信念であったにもせよ、それが強烈な個我が発する音声《おんせい》――今の場合は仏語《ぶつご》だから呉音で音声《おんじょう》――であることを知っておかねばならない。かの子の仏教観に共感し、観音経の研究を始め、かの子とも束の間の親交に入り、すぐかの子の急逝に遭って追悼文「牡丹観音」を書いた亀井勝一郎は、一筋の川の流れがかの子の「耳のほとり」で絶えず鳴っている、と指摘する(「川の妖精」)。

亀井勝一郎は同じ文章の中で、やや美文調に、かの子の作品から響いて来る音声の諸相を語っている。たとえば原型的な作品『川』のヒロインは「粛条とした一筋の流れのほとりを、猟人姿の直助(若い下男――注)が亡霊のごとく歩んで行く」のを夢に見るのであるが、その夢は昔ヒロインを思慕して川に身を投げた直助が遺書のように残していった詩のようなものに触発された情景であり、「お嬢さま」と慕い寄る声が凝集しているのだ。

お嬢さま一度渡れば

二度とは渡り返しては来ない男。
私も一度お送り申したら、二度とは訪ねて行かない、橋
それを、私はいま架けてゐる。
いつそ大水でもと、私は思ふ
が、河の神様はいふ
橋が流れて呉れゝばいゝに
橋を流すより、身を流せ
なんだ、なんだ。
川は墓なのか。

この呼びかけとも独白とも、呟きとも繰り言とも、また朗詠とも暗誦とも取れる語句の流れは、すべての夢言語と同じく、あの透明な曖昧さに溢れている。平叙文になってもその不思議な錯綜は変わらない。

その猟人の姿はやっぱり私でなくて直助だったのだ。私の姿はその時どういふ格好で大雪原のどの辺にゐたかしれないのだ。私にはだんだん私の姿や位置は意識されず、猟人姿の直助がのっしのっしと、前こごみに歩いてゐるばかりしか眼にとまらなくなつた――が、またも私の眼に見え出したものがある。直助の歩みと同列同速力で、川のやゝ岸辺に筏が流れて来たものだと私は意識した。

「私」の一人称は直助という三人称と入り交じり、そればかりか岸辺に流れつく筏と同化される。人のみならず物とも溶け合う。こんな普段はありえぬ流動混在が、夢の文法で許容される圧縮やら転化やら移行やらの加工を経た独特の夢像融合なのだ。そしてこの融合は人と人・物と物・人と物などいろいろな組み合わせで生じるが、その際それにもう一つ時間の軸がぴったり寄り添っていることに気が付かねばならない。「川」の転変してやまぬ夢景の一齣一齣は、その都度その都度における時空の融即点なのである

今の引用中、「だんだん」といい、「見え出し」といい、「流れて来た」といい、いずれも

時間経過の位相を示す語句が使われているのに注目しよう。「女の生れつきが持つ力」(『女体開顕』)とはかの子の終生の愛用語だが、その力はこの作家の深奥——肉身を作っている体細胞とは異質の生殖細胞から直発しているものに違いない。それをしみじみ体感するためにかの子は五官を総動員している。五官のそれぞれが分担する五つの感覚のうち、視覚はもとより、他の感覚器官もフルに活動させられる。「こん〳〵匂ふ薄荷が眼鼻に染み渡ると小初《こそめ》は静かにもう泣いてゐた」(『渾沌未分』)の嗅覚、「子供は、烏賊《いか》といふものを生れて始めて喰べた。象牙のやうな滑らかさがあつて、生餅より、よつぽど歯切れがよかつた」(『鮨』)という味覚、「お湧は、不気味さに全身緊張させ、また抓んだ指先の肉翅のあまり華奢《きやしや》で柔かい指触りの快いのに驚きながら」(『蝙蝠』)というような触覚。

もちろん聴覚も。かの子はひねもす耳を凝らしている。というより、たとえ意識していない時でも、かの子の心耳はいつもどこかから響いてくる微弱な音波に向けて開かれている。裸の生殖細胞そのものがじっと耳をそばだてているとでもいった具合に、かの子は自分の血脈を流れる物音を聴く。内耳に陰々とこだまする体内の血汐のざわめきは、いつしかかの子が幼少期に日夜馴れ親しんだ多摩川の瀬音と入り交じる。ちょうど『源氏物語』は「宇治十帖」の作品世界の背景に宇治川の水音が鳴っているように、岡本かの子の文学世界の底層にはこの音声がさながら低奏通音《バッソ・オスティナート》のように滔々と流れている。

前引の『神々の沈黙』でジュリアン・ジェインズは、「聞くことは実際には一種の服従だ」といっている。語源からいって英語・フランス語・ドイツ語・ロシア語・ギリシア語・ラテン語のいずれも共通して「聞く」と「従う」は同じ言葉だったそうだ。英語のobeyはラテン語のobedireから来ており、obedireはobとaudireから成り、「目の前の相手の話を聞く」という意味だということだ。ちなみに漢字の「聴」に「耳」が含まれ、聴政・聴取・聴聞など行政・司法方面の熟語に用いられるのも、この字にもと「神の声を聞き知る」という民俗的な起原と無関係ではない。

このように耳の奥から湧き出てくる音声の正体はいったい何なのだろうか。先ほど、この事象は「精神病的幻聴から擬人的な比喩まで」の幅で分布しているといったが、かの子の場合はそのどれに当て嵌まるであろうか。

これも前引のファニーハフは、律儀な学者らしく、二〇一四年に開かれた或る国際的作家フェスティバルに参加したメンバー九十一人に、「自分の作品に登場する人物の声が聞こえることがありますか?」(『おしゃべりな脳の研究』)という質問をした、と報告している。その二五%は「まるで同じ部屋にいるかのように登場人物の話声が聞こえる」と答え、四一%が「登場人物と対話が始められる」と述べたそうだ。しかし、それが幻聴で声を聞くことに似ているかどうかには多くが否定した。つまり通常の脳内語と大差なかったのである。つまり「内的なしゃべり」と「内的な聞こえ」と区別する明確な境界はない。それぞれの聴声体験がどれに属するかは作家の個性の違いなのである。本当に聞こえるのもあるだろうし、ただの気取りやハッタリにすぎない場合もあるに違いない。

さて、問題は岡本かの子のケースではどうだったかである。

「かの女の耳のほとりに川が一筋流れてゐる」という同じ一文を、岡本かの子はその原型小説『川』の最初と最後で二度使っている。一本の水流が晦い意識無意識未分の過去から流れ来たり、現在にせせらぎ、また不定の未来の薄闇に向かって流れ去る。何か《一貫して》持続するものと《流れる》ものとのワンセットが、一つのパターンとしてかの子の深層に潜んでいるように見受けられる。

この底層パターンは意識の表層に浮かび出るにつれて、いくつもの事象に変形されて作品に顕れる。多くは「水」のイメージを伴った表象である。かの子の血脈を流れ、魂を洗う「水」の主旋律はいくつにも変調され、変奏されつつ開展する。「水」もかの子の原・記憶にある多摩の川水を離れて、隅田川(『渾沌未分』)、同性愛相手が投身する赤城山の火口湖、「墓場のない世界」である、地球上のどことも指定されない漫々たる海面(生々流転』)、「おかあさん、たうとう巴里へ来ましたね」と作中の愛息岡本太郎に言わせるかの子の眼に映じたであろうセーヌ川の水面(『母子抒情』)…という具合に「水」の変容はさまざまに広がる。そしてそれが最後に行き着いたと思われるのが、作者の死後発見された『女体開顕』における弁財天の物語である。

ヒロイン奈々の家系では代々秘仏裸弁天を守り本尊として伝わっている。一族は明治維新で没落するが、それはまた「徳川三百年の文化に与へた命断絶の一家に、幕末明治の試験に断末魔の一家に、生ける人間といふ活を与へ」もしたのだった。だから、その最末裔に当たる同家当代で「日本橋一の綺羅を張つた評判娘」の奈々子には叔父鳳作の口からこんな期待が寄せられる。

奈々、てめへ自身が、惚れた腫れたの相手になるだけの女ぢやなく、三界の月足らずの男たちに肋骨を与へて、みな眷属の十五童子のやうな逞しいものにする、おかあちゃん型の生弁天になるんだといふことも今更いふめへ。

そしてこの長編の結末近くには、やはり鳳作に奈々子のことを「長身にしてしら鳥にうす紅をさしたやうな身体つき、これだけ見てさへ、少女は女性の渾沌を帯ぶる河性の女の雛であることが判つた」と語らせている。「河性の女」とは、別作品でのもう一人の分身、『生々流転』の「わたくし」に与えられる「ウール・ムッター（根の母）の性がある女」という呼称と同格の自己規定でもあるかの子の愛用語である。

作中のわが分身の外見を白鳥が薄紅を差したようと形容するあたり、かの子のナルシシズムはなお健在であるが、これを晩年の短歌「四十《よそ》にして乙女のごとく柔《やはらか》きおのれが体《たい》のむしろくやしき」（『歌日記』）という手放しの一首に比べると、違いははっきりしている。作中人物とはいえ第三者の眼を通しているので、奈々子の姿が客観的に見えている。和歌と小説の差には歴然たるものがある。この小説学空間にあっては、主観的抒情の一人舞台、ただ一方的な自己陶酔の棲息は許されないのである。

岡本かの子は、昭和一一年(1926)六月頃、創作の軸足を小説に移し、それから昭和一四年(1929)二月に急逝するまでの約二年半の短い期間に、尨大な量の小説を発表した。中には『生々流転』および『女体開顕』という二編の長編が含まれている。それぞれのスタイルは多様をきわめ、論点もいろいろあるが、本エッセイが注目するのは、かの子が小説の領域に進み入った時、そこに出現した《小説学空間》で何が起きたかをつきとめることだ。

歌人としてのかの子は主観的抒情の本質上、一人称で歌を詠出する。「かの子かの子」と自分自身に呼びかける時や、小説でも『鶴は病みき』の段階では対芥川の姿勢になお二人症的な語り口が取られるけれども、三人称に及ぶことは少ない。

ところが小説というジャンルでいろいろ書き進めるとなると、どうしても自分に対向してくる人や物を相手取らねばならず、作者自身が感知できず、意識もできない事柄を書かねばならないから、すべてを一人称でまかない切ることは到底できない。人物・

事実を客観的に処理できる話法が必要になる。他人・他者を語れる人称がどうしても不可避で、他人を一人称で語ることはできないから、いきおい三人称が使われることになるわけだ。たとえば『鶴は病みき』と同じ年の作品『春』では、発狂した女友達が否応なく三人称で語られる。

『食魔』という作品がある。発表は作者の死後だが、執筆はかの子が外遊から帰って(昭和七年1929)間もない頃だったという。題名が示すように、本作は北大路魯山人をモデルにしたといわれる料理の達人の小説であり、主人公の鼈四郎《べつしろう》はこういう人物として読者の前に現れる。

> 鼈四郎が料理をしてみせるとき味利《あじき》きということをしたことが無い。身体全体が舌の代表となつてゐて、料理の所作の順序、運び、拍子、そんなもののカンから味の調不調の結果が見分けられるらしい。

『食魔』は異様に舌の発達した人物を主人公にした味覚小説であると見え、事実そうなのだが、さらに読むとこの作品はそれ以上の膨らみを持っている。作中には鼈四郎が歌人と画家の夫婦（もちろんかの子と岡本一平がモデルだ）を饗応する場面がある。三人の交渉を通じて、いずれも一芸に秀でた人間たちの業の深さを追求しているといえよう。

さてそこで、問題はここに姿を見せる岡本かの子の自画像や如何なのである。

この小説でのかの子は、まず鼈四郎の眼に映じる三人称人物――「女流歌人で仏教家の夫人」――として登場する。しかも「童女のままで大きくなったやうな容貌」という鼈四郎の意地悪なコメントを介してである。そしてその大きな童女は、側でいきり立つ一平を「こんな美しい青年を咎め立てするもんぢゃありませんわ」とたしなめてくれるのだ。自作中のかの子自身が、このようにもっぱら対物レンズの側に現れる構図の意味は、小説学空間の中ではきわめて大きい。

なぜなら小説話法の要諦は、他者の人格化というめったにない逆説を実現することに存するからである。

（了）

II　物語となること

『源氏』はいかにして物語となりしか

――石山と横川と宇治

延宝四年（一六七六）に正本が刊行された『源氏供養』という浄瑠璃がある。近松門左衛門作とする説もあったが確証はないらしいし、作者がだれかはいま問うところではない。内題に「江州石山寺源氏供養」とあるように、この浄瑠璃は石山寺縁起にまつわる物語執筆伝説を踏まえているが、さてその筋立てたるや、相当めちゃくちゃなのである。上東門院のもとに紫式部と清少納言がいっしょに出仕していて、女主の所望によってここに物語の競作になる、というのが事の発端である。

夫の宣孝がまた、すこぶる荒っぽい人物である。妻のためにライヴァル清少納言の創作の秘密を盗み出そうと、部下をスパイとして忍び込ませるが失敗。武士たちの斬り合いになる。おまけに、真相が現われては面倒と、スパイはあっさり首を打ち落とされてしまう。その騒ぎをよそに紫式部は石山寺に参篭する。観世音菩薩に祈願をかけて、折しも八月十五夜の月が琵琶湖の水面を照らす夢うつつの間に、あたかも水想観の達する境地のごとく、光源氏の幻が浮かび出る。観音の夢告で、『源氏物語』五十四帖の構想はたちどころに成った。つまり、筋立ての上では、前段の合戦騒ぎはまったく不要なのである。

浄瑠璃『源氏供養』のプロットはめちゃくちゃである。だがそれは、『源氏物語』とその作者について多少ともまとまった知識を持っている後世の読者から見てそうなのであって、当時かならずしもそれほど荒唐無稽だったのではない。北村季吟の『湖月抄』が刊行されたのは、延宝三年(一六七五)である。重要なのはこの注釈書の注釈史上の意義ではなくて、その刊行によって、『源氏物語』のテクストそれ自体が民間に行きわたったことである。源氏物語カルチュアは、写本文化の時代から版本文化の時代に移った。『源氏物語』像には、大きな境界線が引かれたといってよい。浄瑠璃はそれ以前の時期に属するのである。

作中では、紫式部の『源氏物語』と清少納言の『枕草子』という二つの「物語」のコンテストになり、その判者が「時の学匠比叡山安居院の法印聖覚」であったとされている。聖覚は、鎌倉時代の唱導僧であり、もちろん紫式部の同時代人ではない。紫式部堕地獄説を唱えた澄憲作の『源氏表白《ひょうびゃく》』があり、聖覚はその息子で、仮名表白の筆者に擬されている。そして今度は、その聖覚が夢の中で冥府におもむき、そこで光源氏が責め苦に遭っている姿を見るのである。盛大な供養が行なわれる。「南無や西方弥陀如来狂言綺語をふりすてて光源氏ののちの世を、たすけ給へと諸共にかねうちならして回向」した効験で、地獄の苦患を脱し、「たちまち黄金のはだへとなり西の空にあがらるゝ」という光景が現じる。成仏するのは、光源氏なのである。

ここでは、文学空間が、奇妙に、二重三重にねじくれている。『源氏供養』は『源氏表白』にもとづいているが、さりとてその所説をなぞっているわけではない。元来、地獄に堕ちたのは紫式部のはずであった。それが光源氏に入れ替わる。『源氏供養』という作品は、詞章に巻名が取り入れられているだけで、それ以上の関係はない。浄瑠璃作者は『源氏物語』をろくに読んでいなかったし、またその必要もなかった。だから、原作とその脚色などといっても仕方がない。それにもかかわらずなぜ、『源氏物語』をテーマにした作品が後世できあがったかという点が問題なのである。『源氏物語』それ自体に、そもそも種子が仕込まれていたと考えざるをえない。世俗にいうように、火のない所に煙は立たない。

浄瑠璃『源氏供養』を読んでいて気がつくのは、光源氏と紫式部と聖覚法印とが同一の平面に並んでいることである。これはなるほど文学空間であるが、歴史空間とのあいだに境い目がない。紫式部が実在で光源氏が虚構人物だという区別はなく、両者は同じ資格で登場している。同様なことが、文学史上それに先行する謡曲『源氏供養』についてもいえる。たしかに、光源氏自身は舞台に現われないが、それは『井筒』での在原業平と類似の待遇である。前シテの里の女はワキの安居院の法印に向かって、「然るべくは石山にて、源氏の供養をのべ、又わが跡とひてたび給へ」と訴える。いっぺんに両方を依頼しているのだ。それに応じた回向の文句には、「南無や西方弥陀如来、狂言綺語をふりすてて、紫式部が跡の世のことを扶け給へ」とある。その甲斐あって、光源氏も紫式部もともに解脱することができたのである。

そこまではわかる。わからないのは、終段で突然、「紫式部と申すは、かの石山の観世音、かりに此世に顕はれて、かかる源氏の物語、これも思へば夢の世と、人にしらせん御方便」という詞章が出現することである。もともとが石山観音霊験譚であるからだ、などと変に割りきってしまってはならない。論点がかえって曇るのである。宗教空間は、これまた民俗空間と複雑微妙に、むしろ不可分に入りまじっている。そして表現形式が歴史であれ、信仰であれ、文学であれ、伝承がさまざまのヴァリエーションで持続するためには、物語という構造材が不可欠なのである。

「狂言綺語」とは、本来の仏語では「妄語」の一種であった。戒律の対象であった。それが形勢逆転するのは、少なくとも日本では、平安時代によく読まれた白楽天の一文からである。『香山寺白氏洛中集記』にいわく、「願はくは、今生世俗文学の業、狂言綺語の過を以て、将来世々讃仏乗の因、転法輪の縁と為なすに転ぜん」と。文学言語の虚構性の問題は、これでけりがついたはずであった。ところが現実にはそうもゆかなかったらしい。『源氏表白』には、紫式部のあまりにもたくみな「狂言綺語」が多くの男女に春情を催さしめ、ために死後その罪業によって、地獄に堕ちたと書いてある。「故に紫式部の亡霊、昔、人の夢に託して、罪根の重きを告ぐ」というのである。

そんなバカなことはない、と反論するひともいた。『今鏡』の筆者である。仏も譬喩とか方便とかいって虚構の言語をあやつっているではないか。『源氏物語』ほどの作品を書いたからには、紫式部は「たゞ人にはおはせぬやうもや侍らむ。妙音観音など申すやむごとなき聖たちの女になり給ひて、法を説きてこそ人を導き給ふなれ」というこの議論は、石山寺観音霊験譚とは直接なんの関係もない。しかし謡曲の『源氏供養』と浄瑠璃のそれとは、様式と発想の相異はあっても、事件と石山寺の地縁性とを結びつけている。双方ともに、その制作当時のいちばん安易な物語枠組みに沿ったかたちで書かれている。物語的想像力は河床を変えずに流れている。成仏するのは、すなわち救済されるのは紫式部なのか光源氏なのかどうでもよくなっている。しかし成仏ないしは救済という物語枠組みは残る。くりかえしていうが、その火種は『源氏物語』それ自体のうちにあったのである。問題の所在は、仏教教理史的にいえば、天台宗と浄土宗とを結ぶ長いラインのどこかにある。そしてそれがすべてというものではない。

◆◇◆

『源氏物語』はいかにして物語となったのか。明治の内村鑑三の有名な著述のひそみにならって、あえて「なぜ」とは問わない。理由は、鑑三の前にキリスト教がのっぴきならぬかたちであったように、『源氏物語』以前にまず物語があったからである。先行していたのではない。先在していたのである。紫式部が古物語の枠を乗り越えたことはいうまでもないのだが、肝要なのは、物語枠組みがあらかじめなければ、それをうちやぶることもできないという一事である。

『源氏物語』三部構成説は、論理的に正しい。「いかにして」の問題は、それら三部が別々の仕様書にしたがって作られているのではなく、前行した部分が後に続く部分に打ち消される行程のうちに立ち現われる。第一部は、これを予言成就の物語と読もうが、貴種流離譚ととらえようが、『藤裏葉』巻で大団円を迎える。つまり、この世界には結末がある。通常の物語枠組みでは、その結末でのぼりつめた頂点以後のことは書かなかった。第二部はそれを反転して、主人公晩年の苦悩と死を描く。その悲劇性はよくいわれてきたとおりである。しかし、この世界もまた結末を持つ。『雲隠』巻の存在あるいは不在。いかに暗示的なものにすぎぬといえども、これは主人公の終末というかたちの結末なのである。

第三部、ことに宇治十帖の物語は、決して比喩的にでなく、「光」を失った世界である。いまの観点からいうならば、ここではもはや、結末の予想がつかない。うちやぶっては新たにうちたてた物語枠組みそれ自体を捨てて、作者が作中人物とともに、筋立ての予定が立たない境界を手探りでたどっているという趣である。実際これは、仏説にいう三界流転にひとしい。しかもまた、宇治十帖にはいわゆる仏教色が深くたちこめているが、その仏教色なるものを吟味しようというのがこのエッセイの一つの眼目なのであるが、そのためにも思い起こしておく必要があるのは、年時こそ定かならね『源氏物語』の執筆期は、仏教文学史上では、往生伝と法華験記の時代とほぼ同じである。『源氏物語』はそのどちらにも属さない。『幻』と『雲隠』とは、主人公の臨終往生の場面の頁を欠いた往生伝と読めないこともない。しかし、そういう往生伝というものはないのである。

同じ天台に源を発しながら、法華験記は法華経の功徳をうたい、往生伝は浄土信仰にかたむく。『源氏物語』はもちろん、そのどちらの教理も説いてはいない。さきほど、問題の所在は天台宗と浄土宗とを結ぶ長いラインのどこかにあるという言い方をしたが、それは紫式部自身が教理を考えつめたなどという意味ではない。ましてや、紫式部が他力救済を先取りしていたというふうに考えるのは、後世の勝手な思い入れにすぎないのである。

『御法』には、紫上の死去の翌日、葬儀の供養として、「やむごとなき僧ども侍はせ給ひて、定まりたる念仏をばさるものにて、法華経など誦《ずん》ぜさせ給ふ」とある。この「念仏」は、法然以後の専修念仏ではない。また、法華経もそれが法華経だから格別に効験のある経典と考えられていたわけではない。つまり教理とは関係なかった。光源氏の最晩年の姿は第二部には描かれていないが、宇治十帖の『宿木』の薫の言葉からだいたいの様子がわかる。「故院の亡せさせ給ひて後、（その生年の）二三年ばかりの末に、世をそむき給ひし嵯峨の院」とあって、出家遁生していたことが知られる。なにしろ『雲隠』巻には本文がないのだから、臨終の場面も空白である。しかし世の常の貴族だったら、往生伝にあるように、「五色の糸をもて、弥陀仏の手に着く」といった儀式を経たにちがいないのである。とにかく少なくとも、作者は、光源氏が極楽往生したとは一言も書いていないのである。

この空白は、後世の注釈者たちの間ではかえって神秘化された。諸説をいろいろ紹介するまでもない。三条西実隆の『細流抄』が、「凡そ此物語は河海にも云へる如く、天台の法文にてかけり。作り物語なる故は空道なり。桐壷帝を延喜帝に比する等の類は仮諦なり。此雲隠は中道なり」といっているのがその要点である。またしても天台。では、はじめに言及した浄瑠璃と謡曲の『源氏供養』が、この空白に源氏未成仏を読みとり、そこから筋立てを作ったかというとそうでもない。両作には天台の線は浮かんでいない。比叡山ではなくて石山である。天台教理の条痕はきれいに消えてしまっている。

古注釈からすでに紫式部は天台教学に通じていたという定説があり、近代の源氏研究者たちもそれを肯定している。間違ってはいない。というより、それは当り前の話である。『橋姫』巻には、宇治の八宮のもとを訪れた薫が、「暮れぬれば、大殿油近くて、さきざき見さし給へる文どもの深きなど、阿闍梨も請じおろして、義などいはせ給ふ」という一場面がある。俗に天台六十巻というが、薫たちが見ていた「文ども」とは、釈義であるか疏記であるか、いずれはそうした文献であろう。紫式部にはそれをさらりと書いてのける程度の造詣はあったはずである。問題は、だから宇治十帖に深遠な仏理が蔵されていると考えてしまったことである。世に「日本紀の局」と名の高かった紫式部は、『史記』や『日本書紀』を読みこなしていたが、『源氏物語』の骨格にそれが現われているわけではない。経文も、漢籍と同じことである。仏理は宗教者が考えつめるものである。物語の作者はそうではない。作者は結末の構想をしていない。物語枠組みなしに物語の論理が進行する。作中人物の運命を追いつめる。物語は書きつめるものなのである。

◆◇◆

話はいきなり、宇治十帖は『夢浮橋』のいわゆる僧都消息に向かう。五十四帖のこの最後の一巻で、横川の僧都は、つい最近みずから受戒を授け、尼にしたばかりの浮舟に還俗を勧めている。薫と復縁したらどうかと助言を与えている。以下は、その消息文の主要なくだりである。

（薫との）御こころざし深かりける御中を背き給ひて、あやしき山がつの中に、出家し給へること。かへりては、仏の責め添ふべきことなるをなむ、うけたまはりおどろき侍る。いかがはせむ、もとの御契りあやまち給はで、愛執の罪をはるかしきこえ給ひて、一日の出家の功徳は、はかりなきものなれば、なほ頼ませ給へ、となむ。

この文面には僧都の宗教的苦悩と人間的苦悩とが滲んでいる。さらにそれに、世俗的苦悩までが加わっている。薫大将は故光源氏の子——出生の秘密を僧都は知らない——であり、官僧としてはその意向を無視できないのである。そしてそもそも浮舟を尼にしてしまったことが早計だったという以上に、宗教家としてミス・カルキュレーションだったのではなかったかという悔いが僧都にはある。

僧都消息には、読み方のアングルしだいでいくつもの意味を持つ情報量が収められている。『源氏物語』五十四帖の世界には、さまざまな度合で仏教の光に照らされているが、前半から後半にかけて、背景が前景に転じるという観を呈する。それだけをフィルターにかけてみると、基本的に、石山‐横川‐宇治という一つの回路をたどっている。この場合、執筆伝説はともかくとして、宇治は清水とも初瀬とも代替可能である。小野の里は宇治の転移である。浮舟物語はこの閉域で成立する。かつて光源氏が栄耀し、苦悩した京都は後景にしりぞいている。いまさら宇治を境界だの辺境だのといっても始まらない。

「その頃、世にかずまへられ給はぬ古宮おはしけり」と、『橋姫』巻は書き起こされている。当時、おちぶれた皇子などは珍しくもなかった。そのひとりを、故桐壺帝の第八子として作者は物語中に突然呼び出す。宇治の八宮である。この語調は、新しい物語の始発を告げる。宇治という場所もそれにともなって格上げされる。当初は、要するに山荘であった。万事ことごとく不如意な八宮は、その地で優婆塞《うばそく》の生活に入る。「俗聖《ぞくひじり》」である。現世に不如意な貴人が、来世に生活の指針を合わせる。それもよくあることであった。宇治は比叡山とちがって、最初から聖地ではなかったのである。ところがそこに生まれつき性格が優柔不断で、決断力に乏しく、出生の事情からか妙な罪障感をかかえこんだ薫が介入してきたことで、一連の事件が発生する。宇治十帖はすべてその顛末である。

薫は、ふつうだったら人も羨む身分であった。それがなまはんかな道心を起こし、教えを乞うて宇治に通う。相手の八宮に、「年若く世の中思ふにかなひ、何事も飽かぬことはあらじと覚ゆる身の程に、さはた後の世をさへ、たどり知り給ふらむがありがたさ」といわれてもあまり感じないし、よせばよいのに宇治の姫君の噂話をして、匂宮に「例のおどろおどろしき聖詞《ひじりことば》、見はててしがな」と酷評されても顔では笑っている。よくいって宗教青年である。しかし、ありようはただ抹香くさいというにすぎない。その薫が、宇治の里で霧のまぎれに垣間見た八宮の長女大君に一目惚れしてしまった。宇治通いは、薫自身にも、道心のためなのか好色のゆえなのかわからなくなってくるのである。

「さる方に見所ありぬべき女の、物思はしき、うち忍びたる住処ども、山里めいたる隈などに、おのづから侍るべかめり」と匂宮に語る薫の口吻は、読者にはるか昔の「雨夜の品定め」の既視感を生じさせる。その折、男たちのかなり身勝手な女性論が招き寄せた空蝉や夕顔の悲劇は、二度目の通例に洩れず、喜劇であるが同時にどこか悪夢的な様相を帯びてくる。そしてこの悪夢性は、いつしか無明の闇とわかちがたく溶け合っているのである。宇治十帖の前半は、大君・中君物語として展開される。姉の大君は、父八宮の薫陶を受けて、来世志向が強く、結婚生活に懐疑的である。のみならず、妹の中君を形代に立てて、男たちの接近を拒絶したままこの世を去る。薫はといえば、くよくよ思い悩んでいるうちに当の中君を匂宮にさらわれてしまうのである。

そこに、浮舟登場。じつは、この薄倖の女性を宇治に呼び入れたのも、またぞろ薫であった。薫は中君の口から「年頃は世にやあらむとも知らざりつる人」が、最近常陸の国から上京していて、その面ざしが亡き大君に生き写しだという言葉を聞き、胸をときめかせる。その容姿を初めて垣間見たのも宇治である。そのとき浮舟は長谷寺参詣の帰り道であった。薫はたちまち恋慕する。そうなるとふたたび、例によって、好色一筋の匂宮が横から割り込んでくる。危惧を感じた薫が、避難場所として選んだのが、宇治だったのである。しかし、匂宮は何の苦もなく、さっさと浮舟を手に入れてしまう。浮舟は二人の男に身をまかせる。貴公子の求愛を拒みきれる立場ではなかったのである。

この状況を、二人の男性のはざまに立った女の悲しさというように形容するのは、いささか美文的に過ぎよう。薫にとって浮舟は大君の形代であり、故人がいかにまさっていたかを意識しつつの愛執であった。匂宮にしてみれば、しょせんは恋愛ゲームであった。一方、浮舟は自分でもどちらを愛しているかわからないのである。劣り腹ゆえの貴族上流への漠としたあこがれがあり、そのせいで思いもかけぬ板挟みになった。だれの形代であろうが、浮舟自身の関知するところではない。浮舟物語は身にあまる恋愛葛藤にまきこまれた一人の平凡な女の話として読むべきであって、大君から中君へと続くストーリイ連鎖をいったん途切らせてかかったほうがよいのである。

つもりつもった心事の重圧を支えきれなくなった浮舟は宇治川に入水し、死にきれずに蘇生する。ここで横川の僧都が登場するのである。変化の者としか思えぬあさましい姿の女を救った僧都が、宇治を通りかかったのは偶然であった。しかし、背後にはたらいている冥理に照らしてみれば、そのルートはさっきいった石山-横川-宇治の回路にしたがっている。『手習』巻の冒頭は、「その頃横川に、なにがし僧都とかいひて、いと尊き人住みけり」と書き出されている。『橋姫』と同じように、これは重要人物の物語世界への導入を示す文体上のサインである。この僧都の足どりのうちに、横川と宇治は結ばれる。横川はともかく、宇治には当時どのような宗教的な下地があったのだろうか。『橋姫』には、期せずして、現地での仏道修行者の生態とそのランク付けがいわば一覧表になっている一節がある。

(八宮は)優婆塞ながら行ふ山の深き心、法文など、わざとさかしげにはあらで、いとよく宣ひ知らす。聖《ひじり》だつ人、才《ざえ》ある法師などは、世に多かれど、あまりこはごはしう、気遠げなる宿徳の僧都、僧正の際は、世に暇なくきすぐにて、物の心を問ひあらはさむも、ことごとしく覚え給ふ。

八宮はまた優婆塞の宮とも呼ばれている。在俗のまま仏道に帰依している修行者である。当時の宇治にはそうした俗聖とか、戒律を受けてはいるが一癖も二癖もある法師とかが大勢いたらしい。宇治の里には、川の瀬音ばかりでなく、堂塔の鐘の音もひびいていた。しだいに聖地化していった土地柄なのである。ちなみに、鳳凰堂が落成した天喜元年(一〇五三)は紫式部の没後であるが、平等院の原型は藤原氏の宇治殿としてすでにあった。宇治十帖の世界の舞台は、それが寺院化される前夜なのである。八宮や薫に経義を説いた阿闍梨は、この地に自分の堂を構えている。阿闍梨の称号は、一つの資格である。法華八講で律師をつとめることができる。僧都となると、これはさらに僧階では上位のランクであり、官位相当表では正三位になる。横川の僧都は、そうした高僧の一人だったのである。

それにしてもいったい、横川の僧都のモデルが源信（恵心大師）であったなどと、どうして信じられるようになったのだろうか。言い出したのは、『河海抄』である。抄者の四辻善成は、「なにがしの僧都とは恵心僧都の事か。遁世の後、横川谷に隠居す。仍よりて横川の僧都と号す。母の事、妹の事と相似たり」と注記している。後世の研究者たちはそれを無批判に、ほとんど無邪気に受け入れてしまったのである。たしかに、源信の生年は天慶五年（九四二）、入寂は寛仁元年（一〇一七）であるから、時代はぴったり合う。晩年、名利をいとって横川に隠棲したことも同じである。ただし、『河海抄』はたとえば桐壺院じつは延喜の帝といった準拠主義から発想している。無条件にのってよいものだろうか。後世の特権は、すべてを疑ってかかれる立場にいるところにあるというのに。

鎮源筆の『大日本国法華経験記』によれば、源信は夢で横川で修行せよと告げられ、まだ横川がどこにあるかも知らないのに比叡山に登り、大僧正慈恵大師（良源）が「待ち請けて」弟子にしたという。法華験記は法経験記であり、往生伝ではないから、特有のバイアスがある。法華経を護持した効験が強調されるのである。平安仏教史上の源信は、一面では『一乗要決』をもって法相宗を論破した天台宗の学僧であり、他面では、『往生要集』によって浄土宗——この呼称は当時まだなかった——を遠景にとらえた。宗教思想上、大きな振幅があったと見なすべきであり、その揺れこそが時代精神の震源であり、動揺つねなく不安な核心であった。源信がモデルなのではなく、源信ほどの学識がなくても横川の僧都のように行動し、一介の女人——僧都ははじめ浮舟の出自を知らなかった——を救おうとした高僧は、現に何人もいたにちがいないのである。

さて、作中の僧都は、「山籠りの本意深く、今年は出でじ」と固く心に誓っていたけれども、長谷寺参詣に出た母が帰り道で病気にかかり、宇治で動けなくなってしまったので、急いで下山した。さいわい、母の病は平癒するのであるが、その前に僧都は世にも怪しいものに出会った。「鬼か神か狐か木精か」と怖れられたこのモノの正体は、ひたすら泣きじゃくるばかりの若い人間の女であった。気味悪がる弟子たちを叱咤して、僧都は「仏の必ず救ひ給ふべき際なり」と言いきる。その僧都自身も、宇治の姫君の葬礼—

――まだ生きている浮舟の――の噂を聞いて、「さやうの人の魂を、鬼のとりもて来るにや」と怖毛をふるっている。僧都はいまだなお古代信仰を生きている。こんな当り前のことをわざわざ強調するのは、後の浮舟救済(?)のこころみがいかに新しかったかを示してみたいからである。

いったん横川に戻った僧都は、再度下山することになる。今回は、浮舟に取り憑いている物怪を調伏してほしいという僧都の妹の尼の懇願によるものであった。宇治からではない。比叡山麓の小野からである。この下山に対しては、周囲から非難の声があがった。「朝おほやけ廷の召にだに従はず、深く篭りたる山を出で給ひて、すずろにかかる人のために行ひ騒ぎ給ふ」というのである。小野は比叡山の結界の外にある。しかし、そのことは主要な問題ではない。よく、源信の師だった天台座主良源が天禄元年(九七〇)に制定した『廿六箇条起請』の一、「籠山の僧、内界地際を出づべからざる事」が引きあいに出されるが、これは得業生が修行のために十二年間は山を出てはならないと定めたものであって、僧都の位階ともなれば拘束されることはない。『廿六箇条』はすべて禁令である。禁令とは、禁止すべき事態が実行されている場合にのみ布告されるものである。その条々が伝えている比叡山の現状はすさまじい。肉食、飲酒、女犯、そして獣姦すらも行なわれていた。仏教の腐敗などと思ってはならない。一山あげて宗教的煩悶のさなかにあったのである。僧徒と在家とを区別する戒律の根本が問われていた。横川の僧都のような宗教者たちが山籠りを決意しても不思議ではない。教団制度の内部で、孤独な教理探求がこころみられていたのであった。横川は、比叡山の結界中でもまた特別な聖域であった。だれからも強制されたのではないその自主性は、モンク的——教会高僧的ではなく、黙想僧的——であった。その僧都があえて下山する。周囲の反対は、「朝廷の召にだに従は」ないのに、ろくに素姓もわからぬ一女人のために下山するのは「仏法の瑕」だという点にあった。僧都はそれを押しきる。

妹尼の強い懇願の根拠には、浮舟との邂逅は長谷観音の霊示によるという確信があった。妹尼は長谷寺参篭中に夢を見て、亡き娘の生まれ変わりに逢えると告げられたのである。どうしてもこの身許不明の女を生きながらえさせなければならない。その熱意にほだされて、僧都は加持祈禱をほどこす。その甲斐あって、物怪は調伏される。しかも退参するときにいう。「(浮舟が)われいかで死なむ、といふことを、夜昼のたまひしにたよりを得て、いと暗き夜、一人ものし給ひしを取りてしなり。されど、観音とざまかうざまにはぐくみ給ひければ、この僧都に負けたてまつりぬ。今はまかりなむ」。

調伏は、観音力の勝利であった。妹尼にとっては「観音力の御しるしうれし」であって、いそいそと初瀬にお礼参りに出かける。何度もいってきたように、『源氏物語』の冥理の回路は石山（イコール泊瀬、清水）から始まる。そして、その限りでは横川の僧都は古代信仰の層理に棲息している。いったい『源氏物語』の世界とは、宗教から宗教以後を遠望しながら、また宗教以前の民俗へとリサイクルするだけなのであろうか。新しい局面は、蘇生した浮舟が示す反応のうちに現われる。妹尼の「おなじ仏なれど、さやうの所（長谷寺——注）に行ひたるなむ験《しるし》ありてよき例《ためし》多かる」という言葉に対して、なんと浮舟は「昔、母君乳母《めのと》などの、かやうに言ひ知らせつつ、たびたび詣でさせしを、かひなきにこそあめれ、命さへ心にかなはず、たぐひなきいみじきめを見るは」と、けろりと言ってのける。この女性はこれっぽっちも、観音力など信じてはいないのである。

そのかわり浮舟は、すでに加療の途中から尼になりたいと言いつのりはじめている。「尼になし給ひてよ」というリフレーンがはじまる。まだ浮舟が人事不省の状態だったとき、僧都は「この修法の程にしるし見えずば」と心に誓って加持に力をこめた。もし効験が顕われず、女ひとり救えないのだったら、「齢《よはひ》六十にあまりて」僧都の位階にあることの自己威信にかかわる、と考えたのである。これも信仰の自主性である。ようやく物心ついた浮舟は、「尼になし給ひてよ。さてのみなむ生くやうもあるべき」と訴える。これは多分にヒステリックな緊急避難のメッセージであって、出家願望といったものではない。「ただ頂きばかりをそぎ、五戒ばかりを受けさせたてまつる」僧都の授戒は、いわば対症療法的な処置である。『紫式部日記』の寛弘五年（一〇〇八）九月十一日の条に、出産をひかえた彰子（上東門院）の加護のために、僧都たちが「御いただきの御髪《ぐし》おろし奉り、御忌《い》むこと受けさせ奉り給ふ」という情景がある。もちろん事情は違うけれども、これも別に出家するわけではない。

しかし、身心ともに回復した後でも、浮舟の決意は堅固である。「忌むこと受け侍らむ」、「尼になさせ給ひてよ」と妹尼や僧都に執拗にせがむ。本気で尼になりたがっているのだ。これはなまなかな決心ではないとは思うのだが、僧都ははじめ慎重である。「思ひ立ちて、心を起こし給ふ程は強く思せど、年月経れば、女の御身といふもの、いとたいだいしきもとになむ」と背告してもいる。それでもなお、浮舟の意志は変わらない。その上でようやく、今度は僧都のほうが決意するのである。「とまれかくまれ、思し立ちてのたまふを、三宝のいとかしこくほめ給ふことなり。法師にて聞え返すべきことならず」と、僧都は決断を下す。行動も即座であった。なおためらっている弟子たちに向かって、僧都は「御髪《ぐし》おろしたてまつれ」と命じる。この授戒手続きに不備があったことはつとに指摘されているが、僧都はそれも承知の上でその日のうちに剃髪の作法をほどこすのである。

「かかる御容貌《かたち》やつし給ひて、悔い給ふな」と僧都は言い聞かせるのであるが、案の定、出家後の浮舟の心理は安定していない。尼になることは、この女性にとって、男どものうとましい挑みから逃れるよすがであった。鐘声ひびく宇治の地も安全ではなかった。小野の里の尼庵が、ようやくアジールになったのである。横川の僧都は真相背景を知らなかった。はたから眺めるならば、僧都ほどの位階の宗教者が、たかが小娘ひとりにふりまわされている。宇治十帖は喜劇なのだ。そしてその様相を介してのみ、まったく新しい性質の宗教的懊悩が輪郭を現わしてくるのである。横川の僧都の倫理は、プロテスタント的である。

状況の構図は、僧都消息が書かれるまでの経過で、だんだん明らかになってくる。浮舟存生の噂を聞きつけた薫は、はるばる横川まで押しかける。小野の情報を引き出そうというのである。知るべの女がそこに身を隠しているようだが、「御弟子になりて、忌むことなど授け給ひてけり、と聞き侍るは、まことか」という薫の言葉は、陰にこもった詰問である。僧都は内心、「胸つぶれ」るまでに動揺する。あまりにも軽率に、浮舟を尼にしてしまったのではないか、と反省するのである。授戒のいきさつについての説明は、いかにも弁解じみている。が、宗教者としての責務という一線を守っているのである。物怪の難から逃れようと一女性が後世を願っている。「法師にては、勤めも申しつべきことにこそは、とて、まことに出家せしめたてまつりてしに侍る」と僧都は答える。法師だったら当然なすべきことだ。この論理は、あわただしい剃髪のとき、「法師にて聞え返すべきことならず」とした判断と完全に一致している。女人ひとりの救済が、自己個人の決断にかかっている、と僧都は信じたのである。それは薫には通用しない。婉曲ながらごり押しに持ち出されるのは、浮舟との面会強要である。「なにがし、このしるべにて、必ず罪得侍りなむ」という僧都の破戒意識などは薫の眼中にない。浮舟に還俗と再縁とを勧めた僧都消息は、薫の世俗的権威に大きく譲歩しているかのように見える。事実そうだったのかもしれない。だが、少なくともこれは悩みに悩みぬいた末の一文である。浮舟は尼になることで幸せになれるのだろうか。いったんでも出家したことは、それだけでも功徳になるのではないか。そもそもこの女性には出家遁世が生を意味づけるほどの人格があったのだろうか。そうした幾重もの世俗的また人間的な苦悩の果てに、やがてもっと普遍的な宗教的な苦悩が姿を現わしたはずである。信仰には人間を救う力があるのだろうか。

紫式部は天台教学を考えつめて作中人物を造型したのではない。ひとりの平凡な女の心事にとことん即しつくして、架空の非凡な宗教者をまったく新しい苦悩に引きずりこんだのである。この物語に結末はない。物語が何かを乗り越えようにも、どこかに流域をひろげようにも、水路そのものがまた存在していなかったのである。

あとがき

年を重ねるにつれて身体にさまざまな故障が出て来るのは致し方のないことだ。筆者のわたしも当年に八十六歳とあっては、多少のガタが来るのもやむを得まい。どうもロレツがうまく回らないのだ。構音障害というらしい。だが転んでもタダでは起きるな、という格言もあるではないか。奇禍を奇貨としないテはない。おかげでおよそさまざまないとなみの根底には、話し言葉(耳から聞く言葉)が隠れている、という当たり前のことが痛感された。

日本の近代小説の文体は前代の江戸戯作を受け継いでいる。それもいくつもあるジャンルのうち滑稽本からというのが基本だ。登場人物たちの会話はもちろん口語文だが、それぞれの場面での人物の身なりや容貌・動作などを説明するツナギの部分も口語文であるのが、滑稽本の特色である。ちなみに同時代の人情本ジャンルでは文語文だ。

明治の言文一致運動ではいろいろな試みがなされたが、けっきょく後世まで生き残ったのは滑稽本経由のルートであった。明治三十年（一八九七）頃を境に、要するに西暦一九〇〇年をだいたいの目安として、言文一致は常態になり、日本の小説の基本スタイルとして定着した。

このエッセイ集は、それ以来、幾多の作家たちがさまざまな「声」に耳を傾けたひたむきな姿を、二葉亭四迷・樋口一葉・岩野泡鳴・岡本かの子の四人の場合のうちに眺め取ろうとするトライ・ケースである。

二〇二三年 八月五日　　野口武彦

野口武彦（のぐち たけひこ）
Takehiko Noguchi

著者近影 2023.9

昭和12年（1937）東京生。
同31-37年（1956-62）早稲田大学第一文学部で政治・政党活動に専念。同37-42年（1963-67）東京大学文学部・人文科学系大学院で学業に専念。同43年（1968）から神戸大学文学部講師・助教授・教授、2002年定年退官、名誉教授。ハーバード大学客員研究員プリストン大学・ブリティッシュコロンビア大学客員教授を務める。
1973年、『谷崎潤一郎論』で亀井勝一郎賞、1980年、『江戸の歴史家』でサントリー学芸賞、1986年、『「源氏物語」を江戸から読む』で芸術選奨文部大臣賞、1992年、『江戸の兵学思想』で和辻哲郎文化賞、2003年、『幕末気分』で読売文学賞受賞など。

知の新書 J08/L03　　(Act2: 発売 読書人)

野口武彦
言葉と声音
小説言語ことはじめ

発行日　2023年11月8日　初版一刷発行
発行　㈱文化科学高等研究院出版局
東京都港区高輪 4-10-31 品川 PR-530 号
郵便番号　108-0074
TEL 03-3580-7784　FAX 050-3383-4106
ホームページ　https://www.ehescjapan.com
https://www.ehescbook.store

発売　読書人
印刷・製本　中央精版印刷

ISBN 978-4-924671-79-9
C0090

Ecole des Hautes Etudes en Sciences Culturelles(EHESC)